柏樺

著

史記。

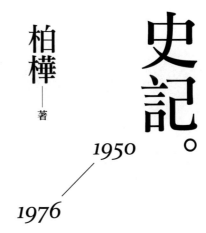

1950

1976

別樣的「史記」，另一種新視界

我在幾年前寫了一篇〈冒辟疆與水繪園中的遺民世界〉的學術文章，柏樺兄讀了這篇文章，隨後寫了一本長達二十萬字的新詩與箋釋集《水繪仙侶》，我和柏樺兄因為這段文字因緣而結識。2009年3月在成都會面，又陸續拜讀了他幾篇關於杜甫與白居易的文章，覺得他除了是一位出色的詩人，還是一位淵博的學者。也許因為他自己就是一位詩人，所以在分析古人的詩作時，格外能鞭辟入裡，令人折服。讓人想起美國學者歐文（Stephen Owen）在《追憶》一書中所作的種種精彩而令人感動的詮釋。8月，我前往廈門開會，在一位共軍英雄出身的村長的熱情灌輸下，和幾位西方學者，喝了過多的金門高粱，幾至全軍覆沒。酩酊之際，我腦中想起的居然是柏樺兄分析杜甫日日買醉曲江的文章。為了紀念這段情誼，當柏樺兄要我為他這本新書寫一篇序文時，我不假思索地就答應下來。

我原來研究的領域在中國近代歷史，過去幾年間，一步步地為明清士大夫的文化和文學作品所吸引，卒至耽溺其中。我原來答應寫這篇序文，只是想單純地站在一個讀者和研究者的角度，從我過去幾年閱讀明清士大夫文學作品的經驗，寫一篇心得報告。但在讀完全書後，我原來所受的近代史訓練，又一層一層地浮上心頭。

1988年，我在哈佛大學攻讀博士學位，雖然前此對文化大革命幾乎一無所知，但卻擔任起麥克法誇爾（Roderick Mac Farquhar）教授講授的文化大革命一課的助教，現學現賣。這門課是哈佛大學中國史部分最受學生歡迎的課程，我擔任助教的那兩年，每年大約均有一千

人左右的學生選課。由於學生太多，還對選課學生的資格作了一些限制，印象中好像只限大三大四的學生。這門課非常具有象徵性地在哈佛紀念堂內昏暗的桑德斯劇院進行。當近千名學生在麥教授的帶領下，拿著小紅書，用英文高喊著毛主席萬歲等口號時，莎士比亞筆下「一個由白癡講述的故事，充滿著喧囂與憤怒」的描述，得到了具體的呈現。

除了拿著小紅書高喊革命口號，我和其他二十幾名助教，和學生一起閱讀有關文革的歷史、小說，並一起看了一場《公審王光美》的戲劇演出，和電影版的《紅色娘子軍》。在看慣快節奏MTV的西方學生眼中，紅色娘子軍誇張的劇情和緩慢的演出，格外顯得遙遠可笑。

Mac Farquhar教授出身政治世家，作過記者和英國國會議員，體格魁梧。當他邁著臺步，在舞臺上走來走去，從大躍進開始，一月革命、二月逆流，一步步地帶著學生進入文革的世界時，我突然覺得燈光下的麥教授竟然有了毛主席的身影。也許因為是國會議員出身，教授口才一流，雄辯滔滔，將本該是枯燥的政治史講得活靈活現，難怪會吸引這麼多聽眾。

據說在前一年講授此課時，課上了幾周後，一位學生納悶地跑去問麥教授，你這門課叫文化大革命，為什麼講到現在都是運動、鬥爭，什麼文化也沒有。雖然革命樣板戲從城市唱到村莊，震天價響，但外國學生會有此一問，完全可以同情。另一位已經過世的哈佛大學中國思想史教授史華慈（Benjamin Schwartz），曾在一篇文章中分析政治在中國人生活中所扮演的重要角色。從大躍進到文化大革命的這段歷史，正可以說是政治瀰漫乃至窒息中國人日常生活的最高峰。我因為文革一課，閱讀了不少從大躍進前後到1976文革結束這一段時期的歷史。事隔多年之後，再讀到柏樺兄這本《史記：1950-1976》，竟然讀出更多歷史的縱深。我原本想從過去幾年閱讀明清筆記小說──

如顧起元的《客座贅語》、王士禎的《池北偶談》、甘熙的《白下瑣言》——的經驗，來讀這本寫於21世紀初的詩作，結果竟真在作品中讀到了筆記小說般如真似幻的詭異記事。

不同的是，在這些宛如筆記小說的條目外，我們也看到了新中國解放二十多年間所特有的時代故事。不可思議的感覺聯結了明清筆記小說和柏樺的史記，斷裂之處則在於，政治無孔不入所引發的荒謬感，取代了筆記小說中無所不在的鬼魅神怪。

用筆記小說和荒謬之感的視野來看這本時代記事，當然有極大的限制。我雖然對1949年後中國新詩的發展幾乎一無所知，但憑著一個讀者的直覺，也可以強烈感覺到《史記》一書在文字和體裁（夾雜著新詩、敘事和箋注）上的創新與突破。儘管我對本書在文字、體裁上的突破創新，無法作任何有意義的文學史論述，但作者驅使文字的魔力，卻正是那種讓我在閱讀明清士大夫的詩作、筆記小說乃至戲劇作品時耽溺不前的同一質素。

這些作品除了呈現一個時代所特有的荒謬和不可思議，在很多方面，卻和我們熟悉的傷痕文學大異其趣。在多數段落中，作者其實是用一種精煉、簡約的文字，像寫生或靜物畫一般，勾勒出時代的印記。

MacFarquhar教授在哈佛昏暗的大教堂中，如天方夜譚般講敘著宮廷的政治鬥爭和知識份子的創傷經驗；詩人柏樺則從日常生活的瑣細之處，從政治革命和毛澤東思想對工人、婦女和農民的深刻影響著手，既成就也顛覆了宏大的政治敘事。因此，我們看到了七十年代的中後期，重慶棉紡廠一個文化水平極低的老工人王大媽，如何以燃燒的熱情，日以繼夜的研讀《資本論》；看到了1958年廣東一位高齡100歲的農民婆婆，以同樣狂野的熱情，在家中燃起五個熊熊烈火的大爐灶，為製肥而努力。我們也看到在毛主席的啟發下，各地人民展開了

對豬的宏大敘事，學會了對豬和牲畜的禮敬。而作者對「糞」與豬這兩個主題超乎比例、近乎偏好的描敘——從1950年代郭沫若之子郭世英的頌詩〈小糞筐〉：「小糞筐，小糞筐，你給了我思想，你給了我方向，你我永遠在齊唱。」到受到糞之美感染的湖北省長、副省長，再到1960年代的掏糞工人劉同珍，進而到文革時期棄文心雕龍，轉而歌頌豬與革命的四川大學中文系教授——既印證了古來「道在尿中，道在屎中」的聖賢名訓，也將革命敘事帶到一個和MacFarquhar教授與傷痕文學完全不同的新視界，既彰顯了毛思想的無孔不入，也顛覆了革命敘事和革命想像的莊嚴、神聖。

從《左邊》到《水繪仙侶》，再到杜甫、白居易，我們看到的是一個浪漫、耽溺於波特萊爾式頹廢美學及中國士大夫逸樂生活的現代抒情詩人，但在《史記》一書中，柏樺卻以沈從文式泰山崩於前而不驚的沉靜，緩緩地為中國的新詩和中國的革命，注入了新的視野和生命。

李孝悌

2009.11.15

注：序作者係哈佛大學歷史學博士，著名歷史學家，臺灣中央研究院史語所研究員。

毛世紀的「史記」：作為史籍的詩輯

　　這部柏樺稱為「史記」（而不是「史詩」）的文字究竟應該擱到書店和圖書館的哪個角落？當然是歷史──它記載了毛澤東時代所發生的大大小小的社會事件。也當然是詩──一種無可否認的特殊修辭貫穿著整部長詩。不過，它又不是典型的歷史：畢竟，比起一般史傳寫作來，柏樺的文本既不以史實為終極目標，也不以某種特定歷史觀為框架，而是蘊涵了多重甚至曖昧的歷史感。然而，它也不是典型的傳統意義上的詩，因為抒情主體的位置被空了出來，主體成為他者（the Other）的傳聲筒，承載了他者所有的欲望和話語。不過，這個主體並不癔症式地出演他者的角色，而是偏執地排演了一幕幕他者的劇本，而演出卻由於略顯稚拙而突出了與其宏偉意義之間的不協調。也就是說，《史記：1950-1976》被詩和歷史扯到了兩個類別的邊緣銜接處，既不墮入絕對客觀化的史實再現，又不膨脹為絕對主觀化的詩性表現。

　　一個習慣聽見柏樺詩歌中尖銳叫聲的讀者會從這部《史記：1950-1976》中聽見什麼呢？在這裡，柏樺自己的聲音幾乎是聽不到的。這樣說，難道意味著柏樺僅僅是一個速記員嗎？當然不是。一方面，柏樺佔據了歷史主體的位置，在編織故事的過程中倚賴了宏大歷史的背景；另一方面，他又掏空了自身的主體性，既不讚美也不貶抑地鋪陳出大歷史中的各種客觀情節（面貌）。正如他在〈為何喜歡《首戰平型關》〉中寫的：

因為另一個拿駁殼槍的八路軍顯得很大
而我又很小

這個「拿駁殼槍的八路軍」可以說是歷史他者的形象代表，而「我」當然就是在他者的偉岸身軀下顯得並不起眼的那個（虛擬）主體。無論如何，這不再是一個自我哄抬到宏大歷史高度的批判主體，而是在冷靜的敘述中體驗詞語和意義之間隱秘錯位的空洞主體。比如在〈一些有趣的事〉裡：

> 她卻興奮地說：天安門前的水是毛主席身邊的水，
> 它最甜、最有抗毒作用，用它洗了頭，
> 在階級鬥爭的大風大浪裡永遠也不會迷失方向。

　　作者顯然代替了這個女紅衛兵陳述了對於「天安門前的水」的理解（而不是超然地評點女紅衛兵的所言所為），他者的話語佔據了這個邏輯場域的主要背景。不過，不但這個他者的話語本身便是一種主觀的構建（或虛構，因為對天安門前水的功用的描述並非主流話語中的現成材料），而且這個邏輯場域也由於其意義的過度伸展而顯示出嚴重的傾斜甚至坍塌。在這樣的圖景下，難道詩人還需要出面評判歷史的荒誕意味嗎？

　　當然，作為作者的柏樺也並沒有閒著。從他的《水繪仙侶》開始，柏樺就迷上了大概起始於艾略特的《荒原》而在納博科夫的《微暗的火》達到頂峰的注釋文學。在《史記：1950-1976》中，注釋往往將被注的事物扯到或近或遠的他處——雖然並非是在演繹所謂「所指的滑動」（拉康）或「意義的延異」（德里達）——讓一幅平面的歷史圖景具有了立體感。無論如何，詞語的指涉的確更加放蕩不羈了，「魯迅也可能正是林語堂」（柏樺《現實》），不也正說明了詞語（概念）內在的變幻無常嗎？

《史記：1950-1976》這部近四千行的長篇詩史（如果不是史詩），從年代上看橫跨了毛澤東時代全部的四分之一世紀。柏樺這個曾經是毛澤東時代的抒情詩人——多年前柏樺的回憶錄便題為《左邊：毛澤東時代的抒情詩人》——如今以毛澤東時代敘事詩人的身份出現了。不過，敘事詩人柏樺仍然和抒情詩人柏樺一樣，對「時代」的關注主要並不在於大人物和大事件（即使是毛澤東、尼克森和姚文元，也成了某種稗史的角色）。如果說抒情詩人柏樺展示了一個時代所引發的自身的內心尖銳，那麼敘事詩人柏樺關注的則是在大時代的背景下，更多普普通通的微小個體所遭遇和經歷的一切。我們甚至可以說，新媳婦也可能正是柏樺，或者，女獸醫也可能正是楊小濱・法鐳。至少，如果我生活在那個時代，我也會去打麻雀（〈1958年的小說・二、北京決戰〉）、撿廢鐵（〈南京之鐵〉）、剪小褲腳管（〈一些有趣的事・四、對聯及剪刀手〉）……（其實，我也的確貼過老師大字報，唱過樣板戲裡所有的英雄唱段咧）。

　　說起撿廢鐵，我不得不想起張藝謀電影《活著》裡的一個情節：在貢獻破銅爛鐵的年代裡，福貴（葛優）的兒子有慶把福貴的一箱皮影戲道具拖出來打算獻給工地煉鋼，最後虧得他媽媽家珍（鞏俐）的花言巧語才讓鎮長手下留情，而有慶也被福貴半開玩笑地打了一頓屁股。不過，這個輕喜劇片段很快就讓位給了悲劇的高潮：有慶被煉鋼時代過度疲勞的區長開車撞倒牆壓死了。因為我常在電影課上教這部電影，每次看到這個片段時，也會跟著學生唏噓不已。這個悲劇的處理顯然是1980年代中後期開始的歷史反思的結果，用以替代革命時代正劇的絕對正義感。

　　柏樺並沒有借用另類的共和國史來對正劇的歷史作悲劇式的重新編排。柏樺的材料都來自正劇的材料，但正劇事件的幽靈重現卻回溯性地揭示了那些事件的創傷意味。這種創傷（trauma），當然完全

不同於我們通常所說的傷痛或傷痕：它是誘惑和侵凌的雙重打擊的結果，在創傷中的痛感與快感無法分離。因此，相對而言，我更傾向於用「小人物的喜劇」來概括這部史詩般的《史記：1950-1976》。但這並不是為了突出小人物的滑稽，也不是描繪小人物的精神或肉體愉悅；這種「喜」，更接近於拉康所謂的「絕爽」（jouissance），一個屬於毛澤東時代的關鍵字，因為這個有關「痛快」的概念兼具「快感」和「痛感」的雙重意涵，它正是創傷內核的具體表現。《史記：1950-1976》難道沒有把這種「絕爽」的感受當作貫穿整部詩作的隱秘氣息嗎？〈糞之美，糞之思〉裡對臭和香的辯證信仰當然就是「絕爽」的完美體現。又，請看〈1958年的小說・三、尾聲：女社員進澡堂〉：

> 如今，澡堂已是十分擁擠，
> 幾乎天天都擠滿了洗澡的婦女。

這種奇異的快感，伴隨著好奇、羞怯、拒斥、噁心、窒息、摩擦……卻是滿溢的，是把快感推向「剩餘快感」的絕佳範例。「剩餘快感」（plus-de-jouis）是「絕爽」的另一種說法，它既意味著多出來種種快感，又意味著快感太多了而不再有快感。無論如何，「絕爽」氾濫的時代，當然就意味著欲望的匱乏。而這，正是《史記：1950-1976》的另一個顯著的特徵。平靜的敘述展示出一種滿足感，而正是這種滿足感，蘊含著滿足之下錯位的荒誕，因為這種滿足是對無法滿足的壓抑和掩飾。在滿足的邏輯之下，革命話語本身不再是迎接新時代的欲望號角，而是當下狂歡的高尚託辭（這種狂歡，在另一部描繪毛澤東時代的電影——姜文的《陽光燦爛的日子》——裡有著極為盡興的展現）。甚至，《為改造而遊行》裡那位地質勘探學院地球物理探礦系的教授「在不停地高喊：『我需要改造！我需要改造！』」，也並非出自對「改

造」的熱切期望，而是出自在遊行的「高喊」中獲得的強烈快感（柏樺用了「決心是如此迫切熾熱／勝過了正飛速出爐的鋼鐵」來比喻這種極樂的衝動），這種快感已經淹沒了「改造」本身的實際操作。

那麼，中國現代性本身，究竟在多大意義上是一種歷史欲望的表現？毛時代當然代表了中國現代性的高潮，但它卻不僅是——在一般的想像裡——精神世界的抽象榮光，也包括了對最實際的物質世界的關懷。換句話說，毛時代現代性的關鍵字不只是革命、理想或階級鬥爭的空洞觀念，而同時也是數字的神話（比如以斤兩為單位的畝產——見〈第一枚早稻高產「衛星」發射紀實〉、〈徐水！徐水！〉、〈再觀麻城〉、〈廣東窮山再急追〉、〈梁伯太〉……），是關於養豬（〈大豬〉、〈餵郎豬〉……）、積肥（〈女社員星夜積肥〉、〈另一個「野人」獲了新生〉……）等的行動主義綱領，是種種科學（或偽科學）辭彙的終極凱旋（比如〈毛主席發現了誰最聰明〉裡「消滅螞蟻的一種有效方法」，或〈一豬一年產百仔〉裡「對母豬的配種採取熱配、雙配、重配」，或〈夜戰絕殺，奇蹟誕生〉裡「採取壓槽法深耕」、「日間排水夜間灌水」、「將噴霧器改成鼓風機」）。顯然，毛澤東時代和後毛澤東時代之間並沒有一個截然的分野。

〈1958年的小說・二、北京決戰〉中的人雀大戰（「以及未死的麻雀令我們頭痛」）和〈南京之鐵〉中的尋鐵之旅（「一輛輛裝滿廢鐵的汽車，隨著迎風的紅旗穿過大街」）來看，毛澤東時代的現代性運動帶有強烈的快感特徵：運動的結果似乎並不如意，甚至毫無意義，但運動的過程卻引人入勝，激情澎湃。這也是為什麼柏樺將人雀大戰歸結於美學的視界／世界：「美形成了蘑菇狀的超現實軍團，／美在震撼世界。」這是出現在本書中極少的轉義（tropological）片段，是敘事詩人柏樺冷不防地變回抒情詩人的轉瞬即逝的剎那。這一剎那有如靈光一現，揭示了政治史的美學品質——不過不是優美

（beautiful）的美學，而是崇高（sublime）的美學：對「震撼」的、「軍團」式「蘑菇狀」的描繪不得不令人想起可怖的原子彈。而這種崇高美學，也可以概括柏樺筆下毛時代的種種乖戾，包括「三星罐頭廠奸商顏玉祥竟用壞肉罐頭暗害志願軍」（〈1952年的五條〉），或者「戰士馬紹君忍著風吹雨打，／用手扶住鏡框，使毛主席像在狂風中紋絲不動，直到第二天放晴」（〈一些有趣的事‧九、熱愛〉）。

　　毫無疑問，毛澤東時代是一個充滿了崇高客體的意識形態時代。而「崇高客體以純粹否定的方式激發起愉悅：大寫物的位置是通過對它再現的失敗而表明的」（齊澤克：《意識形態的崇高客體》）。這個大寫物——或創傷內核，不管以什麼強大的理念來重新命名——便是毛時代現代性的隱秘核心。齊澤克在論及後現代主義美學特徵時所描述的「直接顯現出這恐怖客體」也可以用來描述柏樺在表達方式上對事件的熟悉、日常和平淡無奇的直接展示——因為「這恐怖客體就是一種日常的物體」，而「令人毛骨悚然的效應就正是從大寫物被禁止的位置找到一種熟悉、居家的特質，我們就有了佛洛德的怪異（das Unheimliche，詞源意為無家可歸）概念」（齊澤克：《匕斜觀看》）——正是這種熟悉、日常和平淡無奇在對歷史重新閱讀的過程中變得怪異和不可理喻。那麼，在這樣的展示下，柏樺的《史記：1950-1976》出色地探索了現代性宏偉意義下的創傷性快感，以及這種創傷性快感在日常符號網絡中的不斷游移、逃逸和撒播。

楊小濱‧法鐳

2009.12

注：序作者係詩人、著名批評家，耶魯大學文學博士。曾任美國密西西比大學教授，現為臺灣中央研究院文哲所研究員

卷一

一九五〇年代

1958年的小說

千萬不要忘記過去，
我們曾除四害講衛生。[1.]

——題記

一、引子：顧有昌

遠在1952年夏，
搬運工人顧有昌
為了社會主義的清潔，
消滅了麻雀4723隻，
蒼蠅90斤，
蛹25斤10兩，
蛆31斤。

這駭人的戰果全由他細膩的計劃得以實行：
清晨，他把兩個蠅籠放入廁所和菜場，
那籠裡放些腥臭的魚腸、梨皮、蝦殼；
晚間，他輕快地取回籠子，
這樣他每天斬獲半斤蒼蠅。[2.]

但他也有焦躁的時刻，
那是在捕鼠時。
他必須動用更多的手段，
比如用滾燙的開水澆鼠洞。
如此這般，他日復一日必忙到深夜。

可他的行為並非孤立無助，
他影響並帶動了全體運輸大隊家屬，
不！甚至帶動了蕪湖、安徽及全國。

今天，已是1958年4月19日。
在人民[3.]首都決戰麻雀的關鍵時刻，
我們想起了六年如一日的顧有昌
——這位共和國的衛生模範。

二、北京決戰

1958年4月19日清晨四時
北京進入戰爭狀態，
三百萬人（除病人、殘疾人或瘋子）
在這一剎那湧上街頭。
美形成了蘑菇狀的超現實軍團，
美在震撼世界。

工人、農民、幹部、學生、戰士
（包括白髮老人、家庭婦女及三歲幼童）
在8700多平方公里內，
舞動鑼鼓、響器、竹竿、彩旗，
布下致命的毒餌，
當然全神貫注的神射手也埋伏於此。

令人心跳的5點到了。
總指揮王昆侖一聲令下，
整個北京全面爆炸。
鑼鼓、鞭炮、槍聲
以及男女老少的吼聲……

人！到處是人！
他們帶著嚴峻的歡樂監視著天空。
假人、草人也翻騰助陣，
在風中亡命搖擺。
看，天空痙攣著烏黑的一大片，
麻雀不能停下，只有飛、飛、瘋起飛，
並無端遭受轟、趕、捕、打的人民戰爭。

戰爭在百萬人的吼聲中前進，
「麻雀過街，人人喊打。」
那聲音如另一個聲音響在人們的耳畔：
「排除萬難去爭取勝利。」

瘋了的麻雀應聲倒下（太疲倦了，
以至於乾脆頹廢亂死），
另一些卻為補充體力食毒米喪身。
（這賴活的下場並不光榮）
而神射手正快樂地撥動手中的衝鋒槍，
玩著90年代時髦的「點殺」功夫。

高潮還在繼續……
總指揮部派出30輛摩托車四處偵察。
解放軍也奔赴八寶山支援殲滅麻雀。
總指揮、副指揮流著熱汗驅車狂奔，
同時不忘鼓勵兒童活捉麻雀，
以做反面教員，警戒其他害蟲。

戰爭在酣暢淋漓中接近尾聲。
天壇地區，30個神射手滅麻雀966隻、
南苑東鐵匠營鄉承壽寺生產站
僅兩小時毒死麻雀400隻。
宣武區陶然亭2000居民
以另一妙法將麻雀哄趕至陶然亭公園
殲滅區和游泳池毒餌區
殲滅麻雀512隻。

在海淀玉淵潭三千兵馬從水旱兩路夾擊
麻雀，將麻雀趕到湖心樹上，

神射手愉快地駕著小船，集中射擊，
眾麻雀紛紛射落水中。
傍晚，老人和兒童累倒了，
開始養精蓄銳，以迎明日之戰。
青年突擊隊卻殺氣不減，
他們去樹林、城牆、房檐，
四處掏窩、堵窩，捕捉垂死的麻雀。

萬事總有結束，十時整（夜靜春山空）
總指揮下令停止進攻並計數。
在噠噠的算盤聲中，
北京共累死、毒死、打死麻雀83249隻。
其中還包括一個四歲幼童
將鴿籠開放活捉到313隻麻雀。

一日的戰果在黑夜被載入史冊。
但戰爭還要繼續……
因為還有老鼠、蒼蠅、蚊子，
以及未死的麻雀令我們頭痛。

三、尾聲：女社員進澡堂

除四害運動又掀新高潮，
安徽肥光一社的澡堂便是亮點。

這一年5月16日，眾婦女集體進澡堂，
女社員終於破了天荒。

風俗的勝利並非易事。
年初公社[4.]就定下規矩：
每個社員要半月集體洗一次澡，
當然也定下了男女社員不同的洗澡日期。
但女社員就是不去洗澡。

社領導苦口婆心、絞盡腦汁，
先派出10名婦女積極分子作動員，
解除婦女怕丟醜的顧慮；
接著又鼓動生產隊女隊長及其他女幹部
以身示法，帶頭洗澡，
最後還實行婦女買澡票的優待辦法。

如今，女社員走出思想的誤區，
她們說：「合作社為俺婦女辦了件好事！」
如今，澡堂已是十分擁擠，
幾乎天天都擠滿了洗澡的婦女。

注釋

1.1957年10月的一天，毛澤東在中共八屆三中全會上說了一段振奮民族
  精神的話：「中國要變成四無國：一無老鼠，二無麻雀，三無蒼蠅，四
  無蚊子。」毛澤東還在許多地方提到麻雀這種鳥兒。我們當然知道他是
  十分討厭麻雀的。因為牠吃糧食，是害蟲。早在1956年，他就率先提出

過除四害的運動。四害之首是老鼠，第二就是麻雀，接下來便是蒼蠅、蚊子。他還說：「我對這件事很有興趣。除四害是一個大的清潔衛生行動，是一個破除迷信的運動。把這幾樣東西搞掉也是不容易的。除四害也要搞大鳴、大放、大辯論、大字報。如果動員全體人民來搞，搞出一點成績來，我看人們的心理狀態是會變的，所以中華民族的精神就會為之一振。我們要使我們這個民族振作起來」（引自《毛選》5卷，第494頁）。「他在中南海的辦公室裡，也拍打蒼蠅。在杭州，他夜間在別墅外的小路上散步時，也要追趕偶爾飛過的蒼蠅。他為自己沒有打死過耗子感到遺憾（耗子也是四害之一）。他把自己與中國幾千年前的孔聖人相比，『即使我們的先哲孔子，也沒有下過要消滅四害的決心』。」（R·特里爾：《毛澤東傳》，河北人民出版社1989年版，第305-306頁）毛澤東還三番五次地提到「麻雀」，可見他對這個害蟲是深惡痛絕了。他要堅決把牠消滅掉，而且要動員全體中國人起來打殺麻雀。麻雀從此一變為有倫理問題的鳥兒，其「思想道德」開始頻遭批判，而批判之音最強力者當屬郭沫若，他1958年4月21日發表於《北京晚報》的一篇〈咒麻雀〉，至今讀來仍讓我們大開眼界：

麻雀麻雀氣太官，天垮下來你不管。
麻雀麻雀氣太闊，吃起米來如風刮。
麻雀麻雀氣太暮，光是偷懶沒事做。
麻雀麻雀氣太驕，雖有翅膀飛不高。
麻雀麻雀氣太傲，既怕紅來又怕鬧。
你真是個混蛋鳥，五毒俱全到處跳。
犯下罪惡幾千年，今天和你總清算。
毒打轟掏齊進攻，最後方使烈火烘。
連同武器齊燒空，四害俱無天下同。

但後來毛主席也有些猶豫，因為麻雀不單是吃糧食，也吃那些吃糧食的害蟲。為此，「毛靜靜地接受了『四害』的新定義，從四害中把麻雀取消，把臭蟲列為四害之一（耗子、蒼蠅、蚊子已在魔鬼的萬神殿裡佔有牠們的位置）。」（R·特里爾：《毛澤東傳》，河北人民出版社1989年版，第314頁）「麻雀」在中國50年代的含意非常複雜，也非常

深刻。由於毛澤東頻頻提及牠（譬如毛最喜歡運用的解決問題的方法就是「解剖麻雀」，他還說「麻雀雖小，卻五臟俱全，中國的麻雀和外國的麻雀都一樣。」），最後又勉強地取消地，因此是值得我們再次認真思考的。對麻雀的打殺導致了一個後果，那就是中國麻雀特別怕人，當牠感覺到處於人的威脅時（常常麻雀的判斷會失誤，把個別人的好意當成了惡意，這也是沒辦法的事，因為牠早已被人打殺怕了），會選擇主動赴死。有關這一情形，詩人雷平陽在其詩作〈屠麻記〉中有極為驚心地書寫，下面引來此詩最後四行以作見證：

> 有一天，我坐在河邊，一隻麻雀
> 飛了過來。我想伸手托一下它
> 想給它找個藏身之所。看見了我
> 這隻麻雀，一頭就鑽進了波濤。
> （參見雷平陽：《雲南記》，長江文藝出版社，2009年，第175-176頁）

　　一日無事，翻讀拜倫的《唐璜》，在其書中第九歌，又逢著麻雀那被註定的命運，不免在驚駭中感到麻雀也許真是一個神秘的甚至不詳的生物呢：

> 麻雀的墜落也有特殊的天命，雖然它
> 怎麼犯了天怒，我們卻不知道；大約是
> 它在夏娃那麼癡心找尋的那株樹上歇了一會。
> （參見拜倫：《唐璜》，上海譯文出版社，1982年，第618-619頁）

2. 不僅好人打蒼蠅，壞人也要打蒼蠅，譬如：
　　在同一個監獄，犯人們積極參加消滅蒼蠅的運動。給每一個犯人的任務是一天要打死五十隻蒼蠅，超額完成任務的超額數可以積貯起來或用來換香煙。（R・特里爾《毛澤東傳》，第305頁）
　　毛主席也曾在1963年1月9日這天寫下一首詩詞〈滿江紅・和郭沫若同志〉，開首五行便是「小小寰球，／有幾個蒼蠅碰壁。／嗡嗡叫，／幾聲淒厲，／幾聲抽泣。」而在一個多月前，即1962年12月26日，他生日這天，還寫了一首詩〈七律・冬雲〉，其中結尾處是這樣的：「梅花

歡喜漫天雪，／凍死蒼蠅未足奇。」蒼蠅的形象在此可想而見了。而蒼蠅的命運在中國已被註定，不是嗎，再且看詩人穆旦在其詩篇〈蒼蠅〉（寫於1975年初夏）中的述說：

　　蒼蠅呵，小小的蒼蠅，
　　在陽光下飛來飛去，
　　誰知道一日三餐
　　你是怎樣的尋覓？
　　誰知道你在哪兒
　　躲避昨夜的風雨？
　　世界是永遠新鮮，
　　你永遠這麼好奇，
　　生活著，快樂地飛翔，
　　半饑半飽，活躍無比，
　　東聞一聞，西看一看，
　　也不管人們的厭膩，
　　我們掩鼻的地方
　　對你有香甜的蜜。
　　自居為平等的生命，
　　你也來歌唱夏季；
　　是一種幻覺，理想，
　　把你吸引到這裡，
　　飛進門，又爬進窗，
　　來承受猛烈的拍擊。

　　關於蒼蠅，我曾於2004年夏天，在一首詩中寫過：「蒼蠅，兩三隻，閒閒地飛著，／很清瘦，很乾淨。／孩子們朝它們餵餅，／一位紅色小姐在拍打。」（節選自《在猿王洞》第二節）詩人布羅茨基（Joseph Brodsky）在他的詩集《烏拉尼亞》中也寫過一首〈蒼蠅〉，「在這隻於『昏暗的燈光』下沿著『無色的塵土』爬行的蒼蠅身上，詩人找到了一個用來比喻死亡和復活的新的象徵物。」（列夫·洛謝夫：《布羅茨基傳》，東方出版社，2009年，第283頁）普希金

（Aleksandr Pushkin）卻在優美的古風中寫下另一幕打蒼蠅的故事：在濃蔭覆蓋的鄉間別墅一間臥室裡，「……老鄉紳曾經／整整消磨了四十個春秋，／或望著窗外，或拍打蒼蠅，／或者把女管家狠狠詛咒。」（普希金：《歐根・奧涅金》，四川人民出版社，1983年，第47-48頁）蒼蠅在法國的情形如何呢？一天，我偶然讀到了我的朋友，詩人樹才翻譯的法國作家雷蒙・格諾（Raymond Queneau, 1903-1976）的一首詩〈蒼蠅〉，也算開了眼界，特錄來如下：「如今的蒼蠅／同以前不一樣了／它們不太快活／更笨，更威嚴，更肥／更覺出自己的稀罕了／它們知道自己受到屠戮的威脅／在我的童年它們高高興興／黏到一起／成百，可能上千／黏在想滅掉它們的紙板上／它們被關在裡面／成百，可能上千／被關在形狀特異的瓶子裡／它們打滑，踩踏，倒斃／成百，可能上千／它們喘息／它們苟活／現在它們走起路來小心翼翼／如今的蒼蠅／同以前不一樣了」而當下美國仍活著的大詩人加里・斯奈德（Gary・Snyder）在他的一首詩〈給中國同志〉（To the Chinese Comrades）中，卻以另一種口吻，即生態平衡、萬物平等以及環境保護的口吻，提到了中國蒼蠅：「毛主席，你應該戒煙。／不要理那些哲學家們／建水壩，種樹就好，／別用手拍死蒼蠅。」（參見鍾玲：《美國詩與中國夢》，廣西師範大學出版社，2003年，第61-62頁）德國著名漢學家衛禮賢（Richard Wilhelm）曾在他那本滿懷期待的書《中國心靈》（國際文化出版公司，1998）第3-4頁中，為我們畫了一幅中國青島蒼蠅的肖像：「這裡的蒼蠅分為兩種，一種是普通灰色的，其出眾之處是叮上人就黏住不放。另一種就是所謂的綠頭蒼蠅，油綠色，遲鈍的大紅眼閃著獸性的邪惡。這些動物的唯一美德是牠們還沒有長得像老虎一樣大，但就這樣已經足以把好多人帶到地獄裡去了。」那麼，除此之外，蒼蠅還可能有別的形象嗎？我的回答是：有。且看詩人張棗對蒼蠅的形上、唯美的思考與書寫：

蒼蠅

我越看你越像一個人
清秀的五官，紋絲不動
我想深入你嶙峨的內心

五臟俱全，隨你的血液
沿周身暈眩，並以微妙的肝膽
擴大月亮的盈缺

我繞著你踱了很多圈
哦，蒼蠅，我對你滿懷憧憬

你的天地就是我的天地
你的春秋叫我忘記花葉
如此我遷入你的壽命和積習
與你渾然一體，歌舞營營
聽夢中的情侶唏噓

你看，不，我看，黃昏來了
這場失火的黃昏
災難的氣味多難聞
讓我們不再跟世界一起紊亂

哦，蒼蠅，小小的傷痛
小小的隨便的死亡
好像你蹉跎舌上的
另一番滋味，另一種美饌

3.「人民」一詞當然毋需解釋，但考慮到特別的語境，還是以R‧特里爾在《毛澤東傳》中所說來特別解釋一下：「在作為頭號革命者的毛為拯救中國發起組成抗日民族統一戰線之際，『人民』一詞進入中國革命之中。『人民』對毛來說是一玄學上的集合名詞，而不是存在利益競爭和意見相左的公民序列。他在1949年說『人民』掌權了，這倒有點實在——他的政府廣泛代表了一般人的意願，並確實在為這些人謀利益。」從此，「人民」的意思越來越擴大，在毛時代，它泛指一切好人，而它的對立面則是「反革命」。

4.「公社」在古代指官家祭祀天地神鬼的處所：

孟冬之月……天子乃祈來年於天宗，大割祠於公社及門閭。——《禮記·月令》。《疏》：「謂大割牲以祠公社，以上公配祭，故云公社及門閭者。」

原始社會中，社會成員共同生產、共同消費的社會結合形式。如：氏族公社等。

公社是曾經（1958-1978）在中國風行一時的政治經濟合一的鄉級組織。又叫「人民公社」。毛澤東曾把第一個人民公社取名為「衛星人民公社」。

公社（commune）一詞有許多含義，最早是指中古歐洲自治城鎮的組織，其特色是市民擁有一定的權利，包括財產權、行政權等。彼此之間互相協助幫忙。各地區的公社情形不同，有些地區如義大利北部，其自治的力量甚強。中古時代的公社並未形成民主的政治，一般是形成有錢公民主導的寡頭政治。後來至近代，此一名詞也用於各種其他由人民集合而成的組織，如巴黎公社、人民公社等。

豬兒變形記

1958年7月，湖南華容縣的豬兒
遭遇科學變形記。
全縣生豬的甲狀腺、耳朵、尾巴
均被悉數割除，其目的
僅為生豬一日長肉14斤。

但有人開始發牢騷，說：
生活的下酒菜需要細膩的豬耳
與豬尾來點綴，說什麼
我們要的就是這個口感。

但也有人認為人民需要更多的豬肉和力氣
（「力拔山兮氣蓋世」[1.]只能從大肉中獲得
區區豬耳豬尾何足道哉）
為此，他們歡呼：變形豬是衛星，[2.]
它將從華容縣發射升空。

注釋
1. 出自項籍（西元前232年至前202年，字羽）的《垓下歌》。
2. 參見〈第一枚早稻高產衛星發射紀實〉注釋。

資本家的新生活

公私合營[1.]之後，
資本家的前途明確了，
生活也安定了。
有些當了廠長，
有些當了經理，以及
科長、股長、工段長……
還有些經過和平改造[2.]
當上了人民代表。

但學習仍然重要，不可鬆懈。
新生活的必需品是學馬列。
此外，他們還學習政治經濟學
及其他文化、業務課。
如此這般，進行腦力激蕩。

接著，家庭生活也要求革命。
大綢布商孫敬之的家庭就是榜樣。
孫妻王貽芳過去幽居家中，
過著「人閒桂花落」的生活。
六位傭人輪番伺候吃茶、穿衣、走路。

如今，她積極參加街道活動

並在家裡開辦托兒站，

搖身一變為完美的保育員。

如今，王貽芳感動地說：

作為一個工商業者的家屬，

作為一個母親，

再不應該有什麼地方不滿足了。

注釋

1. 中國對民族資本主義工商業實行社會主義改造所採取的國家資本主義的
   高級形式。大體上經過個別企業的公私合營和全行業公私合營兩個階
   段。個別企業的公私合營，是在私營企業中增加公股，國家派駐幹部
   （公方代表）負責企業的經營管理。由此引起企業生產關係在多方面發
   生深刻變化：
   a.企業由資本家所有變為公私共有。
   b.資本家開始喪失企業經營管理權。
   c.企業盈利按「四馬分肥」原則分配。
      1956年初，全國範圍出現社會主義改造高潮，資本主義工商業實
   現了全行業公私合營。國家對資本主義私股的贖買改行「定息制度」，
   統一規定年息五厘。生產資料由國家統一調配使用，資本家除定息外，
   不再以資本家身份行使職權，並在勞動中逐步改造為自食其力的勞動
   者。1966年9月，定息年限期滿，公私合營企業最後轉變為社會主義全
   民所有制。
      「四馬分肥」是中國社會主義改造時期對民族資本主義工商業利潤分
   配形式的形象說法。1953年國家規定，私營企業每年結算盈餘，其利潤
   分配依照「四馬分肥」的方式，即將利潤分為國家所得稅、企業公積金、
   工人福利費、資方紅利四個方面進行分配，資方紅利大體只占四分之一，
   企業利潤的大部分歸國家和工人，基本上是為國計民生服務的。

2.為何說是「和平改造」呢？因為「許多資本家在壓力到來時，便默默地很容易地變為赤色了，猶如倒入開水中的龍蝦。」（R·特里爾《毛澤東傳》，第246頁）

鋼之憶

為了鋼鐵，我們曾分秒必爭，斤兩必抓。
　　　　　　　　　　——題記

一

當聞傳烈教授開始翻箱倒櫃，獻出了冬日
烤火的煤火爐，[1.]少先隊員豈甘落後，
旋即馬不停蹄地開進了紅領巾煉鋼廠。
七月煉鋼一身輕，根本不用芭蕉扇。
他們拾廢鐵、揀木柴、挖淘鐵砂、找缸瓦片，
接著又摻加砂型、配料、機械管理、吹氧等；
力氣大的就抬鐵水包、鍛造、搪爐子。
初次接近飛濺火花的鋼水，七至九歲的兒童
雖有遊戲的興奮但也難免害怕或驚訝。
這時，聞教授就先行一步，與鋼共舞，
讓孩子們學習如何臨駕與把玩鋼水的性格。

二

而醫院更積極，醫生們甚至停止了睡眠。
他們脫下斯文的白衣裳，扔掉聽診器，掄起
20多斤重的大錘就去砸鋼。年輕的女護士
組成了歡樂的運輸隊，為小小的土爐備糧草，
同時還儘量鑽空子，學習盤爐和煉鋼技術。
其中最奪目的閃光點是婦產科主治醫師張靜姿。
她再三向領導要求改一個行業，並指定是爐前煉鋼，
她說：「不勞動，我們知識份子就改造不好！」
為此，她斷然拒絕了小勞動量的接生工作
決心將身體獻給鋼鐵，直到永遠⋯⋯

三

鋼鐵夫妻連天運與賀金花更是義無反顧，當場
拋棄了農業，生產隊長不當了，報名上山煉鋼。
兩人互寫了三次挑戰書，宣布要樹立共產主義思想，
要以廠為家，礦山挖不完不下山，鐵堆頂不住山
不下山，農村不機械化不下山。從此，二人
披星戴月各自煉鋼，還死拼，看誰先流出鐵水。
小爐大爐輪番折騰，他們的爐子都流出了鐵水。
某一天黃昏，天運外出學習歸來，為求挑戰的公平，
把煉鐵配料的機密主動告訴了金花。而金花
卻心疼他沒吃飯，就塞給他兩個饅饃，哭了起來。

注釋

1.聞教授這一行為是非常天真的,當然也極具感染力。「即使監獄中的犯人也被觸及到。一位在大躍進期間服刑的犯人(後來離開中國)回憶說,他妻子給他來信說,為了支持大煉鋼鐵,她已把他們結婚的鐵床獻給了國家。」(R·特里爾《毛澤東傳》,第305頁)

南京之鐵

這南京之鐵是否充滿了東德十一月式的「鐵硬的誤解」[1.]
不！這是1958年中國鋼鐵的最初星火——1950之秋，
南京的少先隊員們開始全城搜索，他們已宣誓：
為了抗美援朝保家衛國，
為了逃脫朝鮮小朋友的不幸下場，
為了生產更多的炮彈打擊敵人，
我們立志尋鐵！尋鐵！尋鐵！[2.]

在亂石堆中，在廢墟，泥坑及河塘裡
他們為偶拾一枚釘子或一小塊廢鐵而雀躍。
清晨，香鋪營小學的少年開進付衣廊荒場拾鐵，
煤炭港小學的兒童飛奔至東炮臺找生鏽的鋼骨，
長樂路小學的毛喜才和康蘇貴絞盡腦汁
搜集了360斤重的廢鐵，創下最高紀錄。
偵察、搜尋、運輸、管理，有條不紊地推進
教師們驚呼兒童的組織天才。

但找不到鐵的孩子急得哭並肝膽欲碎，
情急之中開始亂投醫，打起了家庭的主意。
老虎橋小學學生陳振升纏著媽媽非讓出一口鐵鍋，

孩子連連懇求：我可以不要一周的點心錢。

母親被感動了：那就把它拿到學校去吧。

丁家基小學的張玉發在家裡翻出許多壞刀、鐵鍋

共重30多斤，心想這次單項冠軍非我莫屬。

1951年2月3日，一萬多名少年兒童

在南京大學的草坪舉行了獻鐵愛國大會，

大行宮小學的少先隊員抬著「獻鐵愛國」的牌匾

（用一千多個銅元組成的花樣圖案哩），

滿面紅光地走入會場，接受陽光下的檢閱；

一輛輛裝滿廢鐵的汽車，隨著迎風的紅旗穿過大街，

那可是整整四萬多斤廢鐵呀！這「鐵硬的誤解」？

——它為南京人民帶來了光榮？

注釋

1.「鐵硬的誤解」出自瑞典詩人特朗斯特羅姆（Tomas Transtromer）
  的一首詩〈東德的十一月〉，相關一節如下：

    一座石雕在挪動著嘴唇：
    城市
    這裡充滿了鐵硬的誤解
    在售貨員，屠夫
    鐵匠以及海軍軍官之間
    鐵硬的誤解，院士
    我眼睛發疼
    它們曾在螢火蟲的燈光下攻讀
                （李笠譯）

2. 有關我自己尋鐵的往事，我依稀還記得一點：那是1965年的秋天，我所在的重慶市大田灣小學校組織了一次全校拾廢鐵活動。我跟隨全班來到郊外的重慶鋼鐵廠「鐵硬的」廢品場，一條鐵路在此經過，兩條細瘦的鐵軌鏽跡斑斑，我在軌道的碎石縫隙處，會找到一枚生鏽的鐵釘或一小塊扣子般大小的廢鐵，但我並不興奮，唯在秋風中邊走邊觀望著周遭寂寥的景致，覺得一陣陣舒心的迷惘，那古怪的快樂，我至今也無法用語言來表述，但我第一次認識了鐵軌，以及它很可能或註定將把我帶到同樣迷惘的遠方，那怎樣的荒涼的遠方啊⋯⋯

一九五〇年的「褲衩」

「褲衩」本來有一個名字，叫李雲山，
因從小在天津河沿各碼頭做搬運工，
無論冬夏也穿不上一條囫圇褲子，
整日四處躥遊，就混了過窮，
後來人們就乾脆叫他「褲衩」
而再不叫他李雲山了，
哪怕一九五〇年他已過上了新生活
但依舊以「褲衩」聞名。

地主的小孩

1950年，四川南江縣鄉下一條土路上
一位三歲男孩無目的地走著。
土改工作組人員正好路過
看見這男孩。其中一人問：
「這是誰家的小孩？」
村民回答道：「地主的小孩。」
「父母呢？」
「父母已被槍斃。」
工作組一莽漢衝上去將小兒舉起來
狠命摔在地上。
小孩當場死去，無悲音，除那砰地一聲。

看戲

1953年左右，合肥市劇場的寧靜常被打擾，
市公安局人員闖進闖出，從不買票，
劇場經理或演員稍有不敬便遭非法扣押。
合肥的看戲人只有懷念毛主席——

有一次，延安大禮堂演戲。劇團負責人
叫大家把前排讓出，說今晚毛主席要來。
話音剛落，前排的人都站起來，往後退。
其實，毛主席早就坐定在角落裡，一看
大家為他讓座，趕緊起身阻止說：
你們不必動，不能為了我破壞規矩。
最終，毛主席拗不過眾人，去了前排
坐在了一個小朋友的位子上。
他把小朋友抱在膝蓋上一同看戲
休息時，還與小朋友親切地交談。

從這看戲的小事可見共產黨的偉大光榮正確
可見領袖和群眾的關係是多麼親密和諧
而作為合肥市公安局副局長常保華等壞分子
他們不走毛主席的路，相反，走在國民黨的路上。

一封信的漫長旅程

當理論旅行早已一日千里之時，一封信卻經60多人的手
走了101天。1952年4月21日，福州市府秘書處收到
上海大公報轉來的一封讀者來信，反映福州市某書店出售
觀點錯誤的教育書籍，請通知停售。市府秘書處三天後
才把此信轉給市文教局。文教局又交給文化科。文化科
在來信處理回單上批道：已請示文教廳有關部門。5月24日
福建省人民政府新聞出版處來一複文，附該讀者所指「
生活教育叢書」三本，提請市文教局審查。市文教局又轉
文化科處理。文化科再擬請初教科同教育通訊社審查，
提出意見後送省新聞出版處。初教科首先簽署意見：
「此事與初教科無關。」文化，初教兩科又研究了幾日，
最後決定送教育通訊社處理。於是又辦公文，自下而上
由科員、科長、秘書、局長層層批核，接著又自上而下
發到繕寫、收發，交通訊員送出。不料這張公文和三本書
送錯了地方，本該送教育通訊社的，卻送到了市教育工會。
市教育工會收發員也沒看清收件機關名稱，就蓋印「收訖」
接下來又是層層上送。等到市教育工會發現搞錯了，又
層層退到收發室。收發員乾脆往抽屜裡一丟，不了了之。
再下來便是層層催問。省新聞出版處催市文教局文化科，
文化科催初教科，初教科催教育通訊社。教育通訊社說

沒收到，也從不知這事。初教科這才檢查檔案，發現誤送，趕緊派人去要。但市教育工會找來找去找不到，原來收發已換了新人，推說一無所知。初教科的人急得死，連忙跑回去拿來了回單簿核對，最後總算在市教育工會收發室的抽屜裡找出這件公文和三本書。市文教局初教科找回文件後，又不交教育通訊社，逕直轉初教研究班研究。研究還未結束，文化科又取得省新聞出版處同意，叫把原件退回省新聞出版處辦理。於是，文化科在7月28日再次擬稿、核稿、會稿、簽發、繕寫、核對、蓋印、登記，直到7月31日才由通訊員送新聞出版處。至此，一場公文的漫長旅行最終宣告結束。

一塊麵包

1952年11月8日黃昏，北京大學第二體育館門口的「民主牆」上，掛著一塊麵包，旁書：「同學們請看，這是不是浪費？他的錢從哪裡來的？」

推而廣之，部分同學洗衣用開水，吃饅頭要剝皮並亂扔蘋果，這是不是浪費？錢又從哪裡來的？

可任弼時同志逝世前，用的被子還是延安帶來的舊被子，補丁重補丁爛得不能再爛了，真是個「布衾多年冷似鐵」

一位守倉庫的志願軍戰士，為保物資不受損失，用自己的鋼盔蓋住欲爆的手榴彈，以手緊摀，其結果是手被炸斷。

幹部下鄉論豬棚

據《人民日報》1953年2月7日載：最近浙江省農林廳
派了四位同志去杭縣瓶窰區大六、七賢兩鄉瞭解畜牧
工作情況。且看他們如何工作？第一天，四個人分住
大六、七賢兩鄉。其中二人一到大六鄉政府就對鄉幹部
說：「今天我們兩人要畫幾張表格，不下去啦。」第二天，
到七賢鄉工作的兩人不知何故也來了大六鄉。鄉幹部
正忙著徵糧，沒理他們。四人落得清閒，乘機曬了一日
太陽。第三天又乃青天白日，這四人做了什麼，誰都
不清楚。一位農會主任說：「反正來了三天，吃了三天，
睡了三天。」晚間，四人才找鄉幹部談話。他們開口閉口，
言必稱「省府」，說了半天，突然提出如下意見：
「你們豬棚的泥和稻草要經常換，要注意清潔衛生，
要常挑新泥與稻草進去。」鄉幹部回道：「同志，你們
說的，我們不懂。」「怎麼不懂！泥和稻草要常換。」
四人有些不高興了。「同志，我們這裡的豬棚是硬棚，
全用石板搭的或用石灰澆的，沒有你們所說的那種軟棚。
鄉政府隔壁就有一個豬棚，你們看了嗎？」這鄉幹部

的一番頂嘴，讓四人又羞又怒，儼然地說：「都是硬棚！唔，你們對畜牧工作太不重視了！太不重視了！省府」接著，又氣喘吁吁地對鄉幹部作了一個更大的報告。

說小人書

一些出版社以神怪離奇的小人書毒害兒童及人民
如《紂王寵妲己》、《土行孫招親》、《姜子牙賣麵》
《乾坤劍》、《追魂鞭》等。
但更多的出版社出版了大量健康的小人書
如《臨津江的戰鬥》、《奇兵突出》、《王海大隊》、
《張積慧》、《白毛女》、《新兒女英雄傳》、
《中華兒女》、《兩家春》、《巧媳婦》、
《張羽煮海》、《梁山伯與祝英台》；
《夏伯陽》、《攻克柏林》、《金星英雄》、
《拖拉機手》、《漁夫和金魚的故事》、
《爺爺和孫子》等。

1953年，許多人喜歡看《攻克柏林》（小人書）
他們看了又看，簡直可說是百看不厭。
而我小時候的一個秋天，只看《槍挑小梁王》
（和她一起看，消磨著一個又一個放學後的下午
而如今她在哪裡呀⋯⋯）
另一個夏天，我卻只看《李逵下山》
並從此愛上了他手中的樸刀而不是雙板斧。

1953年的婚姻狀況

這一年婚姻法實行情況遭透了，許多婦女被殘忍虐殺：
湖南省桃江縣惡婆郭高秋挑撥兒子與媳婦不和，
當媳婦被她兒子用木棍擊倒時，她乘機用燒紅的火鉗
插入媳婦肛門內七、八寸深，媳婦當場被燙死。
湖南省邵東縣十三區民主鄉婦女積極分子陳端秀
積肥幹勁大，超過了一千斤的任務。回家後
丈夫不滿她參加社會活動，用梭鏢將她刺死，丟入塘中。
湖北省隨縣郭梅鄉婦女徐喜芝因不願當童養媳，
被丈夫在左腿上刺了六刀，右腿上刺了九刀，第二天
鄉幹部還開會鬥爭她，逼令她站了一上午。

除殺、害之外，也有勒索財物的。如松江雙城縣，
一徐姓農民訂婚時，女方向他開了一個清單：
單夾棉幹部服各一套，金戒指、金耳環、銀鐲子各一副
皮鞋兩雙，白布一百六十尺，
人民幣一百萬元（應換算）。[1.]
男方已嚇得發抖，女方家長還威脅說：少一點就不上轎。
但四川省壁山縣青槓鄉搬運工出身的任老漢卻有些喜劇，
他與老婆二十年沒同過一次床，老婆穿爛衣，打罵是常事，
冬天也不給她被子蓋，可他卻喜歡上了婚姻法。

有一天趕場，鄉幹部曾仲文見他抱著一件毛藍布女式新衣就問他「你思想改好了嗎？」任老漢笑嘻嘻地說：

「人都睡在一起了。這一下我硬是把婚姻法聽進去了啦。」

注釋

1. 不僅1953年的婚姻如此昂貴，在清朝，「人們曾提到這麼一個吝嗇的父親，當他把女兒嫁出去時，要求婆家付給他女兒從出生到結婚所耗費的飯錢，由此傳為笑談。」（〔美〕明恩溥：《中國鄉村生活》，時事出版社，1998年，第262頁。）

好笑的聲音

先天道、混元道、白陽道、政字會、安清幫

這些能指不清爽，令我神經麻木

唯有「一貫道」[1] 讓我覺得好笑——

它總讓我想起婦女

想起小時候認識的一個老太婆

孩子們一見她，

就邊笑邊喊：「一貫道，一貫道」

這到底有什麼好笑呢？

現在我才明白

當「一貫道」的發音指向老太婆時

所有的孩子都會莫名的大笑

注釋

1. 一貫道，為中國民間宗教之一，又稱天道。是非法邪教。起源於明朝中葉，盛行於明末清代。最早的教派可能是羅教，之後分化各種不同教派，一貫道是很晚才興起的一支。其淵源可溯至清末王覺一。他借用《佛說皇極金丹九蓮證性皈真寶卷》及《開示經》中的偈語，建立「東震堂」，接續先天道統。以無生老為信仰主神，標榜彌勒佛三陽信仰，

並以儒家為中心,主張三教合一;在形式上,夾雜著中國古老的讖緯圖說;在組織上,無出家之說,而由俗家信眾求道後稱為道親。

一貫道被認為是欺騙與陷害落後群眾的封建迷信組織。北平的一貫道始自1933年,至1946年前後中層以上壇已達1360餘個,家庭佛壇無數,道徒20餘萬人,成為北平地區最大的反動封建會道門組織。1950年,一貫道作為封建迷信幫會被取締。

以上是對一貫道的最為簡略的解釋。此外,讀者或許會有一個困惑,即為什麼當孩子們朝一個老太婆齊聲高喊「一貫道」時,會覺得好笑呢?這其實是因為「聲音」這一魔法,由於我們這群無事可幹的孩子是用重慶方言在喊,加上我們一喊,那個平時很沉靜的老太婆就立刻顯出慌張並生氣的樣子,這就增加了一種荒誕緊張的戲劇性效果,在如此特別的語境下,我們這群孩子只能莫名其妙的大笑了。

食堂

在工廠食堂的牆上（1951），我注意到一些標語：
抗美援朝衛國保家；
人是鐵，飯是鋼，做一個生產的鋼鐵戰士；
細嚼爛嚥，別忘生產，支持朝鮮，解放臺灣；
把身體鍛鍊得棒棒的，把機車保養得好好的；
不要暴飲暴食，吃飯幹活都要沉住氣；
檢查細心，防止事故，駕駛注意，避免死傷。

突然，我還聽到一個吃完的人在催他的同伴：
「快吃呀，吃完了上圖書館看小人書。」同伴答道：
「吃完飯看小人書容易積食，咱們還是彈棋吧。」

史沫特萊（Agnes Smedley）

來自美國密蘇星的女冒險家史沫特萊
是中國工農紅軍的朋友；
在延安，在她奔騰的歲月裡
她大方地熱愛上了一個人。
可惜她只活了53歲，
1950年死於英國。她在遺囑中說，
要把她的遺物全數交給朱總司令處理
而且骨灰也必須運到北京。

侯寶林的話或詩

1951年初冬，侯寶林隨中國人民赴朝慰問團在西北宣傳
同時寫了如下一段：「在蘭州，有個搓麻繩的瞎子，
響應抗美援朝總會號召，捐獻一百萬元[1.]——
這是他二三十年積攢下來的錢，一直沒捨得花，
現在拿出來捐獻飛機大炮了。
在新疆，有一位河南老太太靠編席子生活
聽了我們的報告，她說要多編幾張席子，
賣了錢買飛機大炮。沒過幾天，
老太太竟然捐了三十五元新疆幣。」[2.]

注釋
1.1951年的一百萬元，在今天大略相當於人民幣一萬元。
2.可以肯定這是小錢，但從中可見老太太的心意。

不法奸商的五條毒計

在五反[1]運動中，有些不法奸商為軟化我職工
設下五條毒計：
苦肉計、分化計、軟化計、調虎離山計、美人計

注釋

1.指一九五二年中國在全國資本主義工商業中開展的反對行賄、反對偷稅
漏稅、反對盜騙國家財產、反對偷工減料和反對盜竊經濟情報的運動。

武漢被盜物資清單[1.]

　　1952年，武漢市人民政府委員、大盜竊犯賀衡夫盜竊國家
物資如下：桐油、棉紗、棉布、棉花、豬鬃、牛皮、
羊皮、五倍子、生漆、當歸、麝香、樟腦油、芝麻、
木耳、
皮油、機油、麻袋、鐵桶等數十種，同時還將大量黃金、
外匯及鎢、銻、錫、汽油等走私到香港、臺灣、美國，
又從印度、香港等地交換回大量的鴉片、嗎啡、海洛因、
白麵、蘇蘇等毒品。

注釋

1.W‧C‧威廉斯有一句很有名的詩觀：「No ideas but in things‧」
　意思是：「不要觀念（或思想），除非在事物中。」引申來說：「偉大
　的思想不過是空洞的廢話。」（納博科夫語）。正是循著威廉斯詩觀這
　一思路，本詩只列出一連串物品名的清單，那就讓這些「事物」呈現它
　的思想吧。

1952年的五條

武漢市奸商嚴貴堂竟把爛電線賣給志願軍。

三星罐頭廠奸商顏玉祥竟用壞肉罐頭暗害志願軍。

常香玉捐飛機一架並願徹底進行思想改造。

我們發現了美國飛機大批播撒的跳蚤。

中國人民志願軍上甘嶺戰役已勝利結束。

1952年的「三了」

我們國家的進步是多麼快呀！

我們新民主主義的政治是多麼好呀！

1952，成渝鐵路全線通車了。

1952，公費醫療開始實行了。

1952，我國已能自製汽車了。

信上結婚

王春芝和李盛祥從小就在同一家紡織廠工作，
女的在織布車間，男的當保全工。[1.]
二人內心歡喜對方，但見面又不說話，臉緋紅。
日月如穿梭，太緊張了，也會鬆弛……
一晃便是1950年。終於在這一年的「五一」
他倆訂了婚，並約定第二年「五一」結婚。
訂婚那天，二人毫不含糊，開了一個討論會：
說好明年「五一」的時候，兩人必須榮登主席臺
戴上大紅花，否則就形同路人，各奔東西。

哪知這年冬天，李盛祥報名參加了志願軍，
一去朝鮮千里之外，落下王春芝在廠裡單打，
似乎少了與盛祥本可同場競技的歡歌笑語。
但愛國主義生產競賽很忙，春芝忙得暫忘了此事
又一晃，1951年的「五一」來了；這一天，
廠裡好熱鬧：十點鐘在俱樂部開慶功大會，
晌午參加全市的示威大遊行，晚上還開娛樂晚會。

在慶功會上表揚了生產模範，護廠模範，學習模範；
模範們都戴了大紅花，王春芝也登上主席臺獨戴三朵，
大伙見狀就想起了她和李盛祥的事來。
在遊行示威的高潮，大夥邊走邊唱「雄赳赳氣昂昂，
跨過鴨綠江……」當然又想到李盛祥和她的事來。
在晚會節目快完時，有人提議讓王春芝唱首歌，
可說啥她都不唱；「那就講一下你和李盛祥的事。」
有人這麼一吼，馬上得到全場人的贊同。春芝一下懵了
突然劉桂珍猛地站起來說：「報告主席，昨天
我看見她還收到李盛祥的信件呢！讓她唸唸。」「對，
讓她唸唸。」大夥跟著起哄。春芝紅著臉念來：

春芝：
　　　　再過一個禮拜，就是勞動節了。你還記得
　　不？去年「五一」的時候，咱們在毛主席像前訂的
　　婚。咱倆還挑了戰，都表示要在今年「五一」的時
　　候，當上模範再結婚。可是，美國鬼子破壞了咱們
　　的計劃，我為了抗美援朝，為了咱們的計劃，參加
　　了志願軍。……今年又到「五一」了！我告訴你一
　　件好消息，我在前天受到表揚，當了射擊英雄。你
　　不高興嗎？現在我戴上花，登上主席臺了！雖然不
　　是在工廠，可是我認為在戰場上當英雄，不是也合
　　乎條件嗎？我不知道你現在怎麼樣，如果也戴上了
　　花，當上模範，那我們就算結了婚！等把美國鬼子

消滅乾淨，我回國後，咱再「真」結婚吧！

　　此致

　　　　敬禮

　　　　　　　你的志願軍同志　李盛祥

　　　　　　　四月二十三日

注釋

1. 紡織廠的工種之一。主要負責設備的日常維護及簡單的維修，如加潤滑
　　油，清理設備上的垃圾，更換磨損的備件等。

另一個「野人」獲了新生

白毛女在中國早已家喻戶曉，這裡不說她的故事，
且看另一個男「野人」特三，是如何獲得新生的。
特三出生在桂西僮族自治州馬山縣的一戶農家，
1938年，國民黨要抓他去當兵，他被逼逃入
山中洞裡。從此，人們傳說特三瘋了並漸漸
忘了他的名字；但有一個地主很壞，用火去燒
山洞，特三差一點被燒死。又被逼無奈，特三
只好在荒山間流浪，深夜下山偷莊稼吃。歲月
浸浸……在猛獸、毒蛇、饑餓、風霜的夾擊下
特三蛻變為一個蓬頭披髮、面目猙獰的「野人」。

1949年馬山縣得了解放[1]，特三也悄悄
下山來找老鄉潘木星（潘木星是特三唯一
不怕見的人）借鋤頭開了一片荒地，種些
玉米和豆子。但他還是怕人，一見生人就
往深山跑。直到1956年秋，民政幹部費盡
心機，才把他安置在潘木星家，發給他成套的
新棉衣褲和糧食，還常送豬肉給他吃。僅僅
一月，特三的黃黑臉就初顯了紅潤；同時還
培養了一個習慣——歡喜積肥，他常常和潘木星

一塊歡天喜地地去積肥。[2]特三的生活正常了，
這個「野人」終於獲了新生。

注釋

1.「解放」一詞的字典意義，我就不在此多說了。R・特里爾在《毛澤東傳》第173頁的另一番解釋甚合我心，下面轉引過來：「現在中國人使用的『解放』一詞的起源會為我們提供一些瞭解共產黨成功的線索。當紅色者談及解放的時候，一般中國人認為解放是從日本人的統治下解放出來。然而毛有自己的想法，他認為解放是社會的解放，是從地主劣紳、苛捐雜稅、高利貸和儒家思想對中國的統治下解放出來。」

2.「積肥」和「養豬」在本書中還會多次出現，因它們是那個時代的關鍵字，猶如「讀報和通姦」被法國作家加繆認為是現代人生活中的兩個關鍵字一樣。就連蒯大富及許多其他紅衛兵領導人，在城市結束了革命之後，也「要到邊遠地區的農舍中度過寒夜，將要用養豬來代替對革命的追求。」（R・特里爾：《毛澤東傳》，第386頁）而積肥，理所當然，也將成為他們革命生活中的一個重點。

　　此外，「積肥」在中國有著悠久的歷史傳統，這一點連外國人也注意到了，譬如美國公理會傳教士明恩溥（Arthur Smith）就在中國晚清看到了如下生動的一幕：不管在什麼時候，一個人趕路時，常會看見一夥夥的農民在路邊晃蕩，手上拿著鐵鏟，肩上背著糞筐，正在尋找地面上的零零星星的一些糞肥，當沒有其他活兒壓著的時候，這便成為中國農民們的主要活計，當然也是農肥的一個固定不變，取之不盡的來源途徑。

　　（明恩溥：《中國人的特性》，光明日報出版社，1998，第23頁。）

老弱孤寡怎樣生活

1955年春，安徽合肥郊區長青蔬菜生產合作社做了安排：
老太婆王克芝給參加勞動的婦女帶孩子，每日得兩分半
工分；[1]瞎子張興賓搓繩、車水，每日得7分到8分
工分；老頭胡克樹和殘廢人王廷安等看場、看倉庫，
每日可得2至5分。以王廷安為例，他1955年2至10月，
就獲700個工分，得人民幣60多元；再加上11、12兩個
月收入，足夠他吃用。若有人做輕活仍不能生活，社裡
就從公益金中撥款來照顧。完全不能勞動的也由社裡
包下。譬如老太婆俞少清，她的田地交社裡種，社裡每年
固定給她450斤糧食、12擔草、一些零用錢，保證她夠
吃夠燒夠用。現在，俞少清逢人便笑嘻嘻地說：「走社會
主義的路好，連我這無兒無女的老媽子也有了靠山啦。」

注釋

1. 這是一種勞動報酬以工分計算的制度，稱為「工分制」，亦稱「勞動日
   制」，以勞動工分作為計量勞動和分配個人消費品尺度的制度，是以前中
   國農業集體單位採取的計算勞動者的勞動消耗和勞動報酬的一種辦法。

人民公社時期，農業生產一般由生產隊組織，社員以生產隊為勞動單位進行勞動並取得報酬。但農業勞動通常在廣闊而分散的土地上進行，對勞動者努力程度的監督十分困難。因而，在最終產品收穫之前，難以判斷每一個工序的勞動質量。所以，生產隊普遍採用了「工分制」作為勞動的計量和分配依據。這種「工分制」，以潛在勞動能力為依據，根據性別、年齡為每一個社員指定一個工分標準，按工作天數記錄工分數，年底根據每個人的工分數進行分配。

　　「工分制」一般用勞動日作為社員投入勞動的計量單位，一個勞動日表明一個中等勞動力一天完成的勞動量。一個勞動日再分為10個工分。實行工分制時，勞動者所得的勞動報酬，取決於他本人參加集體生產所得的勞動工分和工分值的高低。

　　由於這種分配制度完全忽略了實際勞動態度和工作質量，多勞不能多得，偷懶也不會受到懲罰，因此對社員的勞動積極性造成很大的傷害。比如我1975年去農村當「知青」（參見〈決裂與扎根〉注釋），最初每日得3個工分（1個工分值4分錢），後逐漸漲至6.5個工分。由於體力弱，勞動強度大，我有時也扔掉鋤頭，坐在地上「偷懶」，為此也占了別人不停地勞動的便宜，即別人幫我完成了該由我完成的那一份。

大豬

1956年3月14日至22日，農業部在北京召開會議，研究規劃了
今後十二年發展畜牧業生產的遠景（當下人們喜愛說願景）。
會上，官員們對豬牛馬羊的繁殖數目提出宏大要求，其中，
對豬的要求更是宏大，提出至少必須增加到一億三千多萬頭。
這宏大的敘事還真落到了實處，養豬熱浪迭起並非流於虛無：
江蘇無錫蠡涸鄉社員張培生就培養出了一頭大肥豬，
這大豬肥得無法過秤，簡直比曹衝用船秤大象還困難。
但張培生卻想到了一個踏踏實實的辦法，他用量衣服的皮尺
來測量肥豬的體長和身高，那大豬連頭帶尾已長達八市尺餘，
身高二尺七寸，臀部一尺二寸寬，而背部像張長形的小桌面。
一隻七十來斤重的豬和它在一起，只能算是隻初生的乳豬。
最後，據他和其他有經驗的農民估計，這豬少說也有八百斤重。

1957年的人性化監獄

一個姓金的反革命犯入獄後才坦白了
他的愛人也是一個反革命分子。

監獄裡的文娛生活很豐富:
有球賽、電影、京劇等等。

文盲犯人大都參加了識字學習。
學習一年一般可認七百字左右,
好的能認二千多字。
罪犯郭承柱原來一字不識,
現在已可寫家信了。

罪犯趙桂月曾犯過急性闌尾炎,
監獄醫務所給她割除了。
她在牆報上寫了一篇稿子,
感激人民政府的救命之恩。

華羅庚在1957的兩個細節

華羅庚的大女兒華順說：她在小時候，
有一次摔跤出血，嚎啕大哭，都沒有
驚動得了她那正聚精會神地想算題的父親。

華羅庚為勉勵自己和年輕人，曾引用
毛主席的話寫成了一副對聯：
虛心使人進步，學習學習再學習；
驕傲使人落後，警惕警惕再警惕。

反革命罪犯王澄被處死

王澄曾在張作霖手下任保安隊長、警察署長等要職。
1927年4月他親率匪軍在東郊民巷抓捕了李大釗等
同志，致使李大釗等人遭絞刑殺害。解放後，王犯
隱居瀋陽，我公安機關經偵察將其抓獲並由瀋陽
中級人民法院判處死刑。王犯不服，提出上訴，
後經省高級法院審判及最高法院核准，王澄的反動
罪行鐵證如山，因此，維持原判，駁回上訴，
於1957年12月12日在瀋陽被就地正法。

第一枚早稻高產「衛星」[1.]
發射紀實

當我們來到安徽樅陽高豐社這塊「衛星」田時，禁不住驚呼：天下怎會有這樣的稻田！這塊田呈長方形，共一畝零四釐二毫，稻子堆得像稻場，足有二、三尺厚，擠得密不透風。我們隨手摘下幾個稻穗一數，最多的一穗340粒，最少的一穗206粒。這塊田是採用二乘三寸密植的，每畝略有十一萬蔸，二百四十萬穗。稻株若鋼筋挺拔，稻面簡直就是沉實的桌面，雞蛋、足球，甚至西瓜都可在上面隨意翻滾，絕不會掉落地下。當然人也不可能走進田去。

讓我們記住這個時刻——1958年8月7日上午11時整，正式開鐮；由於毫無經驗，社裡只派出六十五人來收割，到12時僅割了一尺餘寬。中共安徽省委書記閔傳榮一看這架勢，急得直喊：「怎麼只來這幾個人，趕快增加人手。」旋即增加到了三百多人，直割到下午六點半才割完。初打一遍，稻粒未脫盡，第二日接著打，直到下午四點才幹完。8日下午最刻骨銘心的時刻

來臨了——所有的人都圍在過秤的地方，摒住呼吸、一動不動，雙眼緊緊地盯著兩把正在撥動的算盤。

「一萬四」、「一萬五」、「一萬六」，「一萬六千二百二十七斤三兩」，當這最後數字由計算小組吼出時，全場地動山搖，鑼鼓鞭炮轟響，突然，一名社員揮舞起一面巨大的紅旗登上一座小山的稻堆尖端，七、八個攝影師抖顫著並在瞬間的穩定中拍下這永恆的定格。

注釋

1.1957年蘇聯發射了人類歷史上第一顆人造地球衛星，這是人類航太史上具有劃時代意義的重大事件，在當時美蘇開始爭霸，為了和美國對抗，蘇聯大力開動宣傳機器，宣傳這是社會主義優越性的巨大體現，在社會主義陣營中各社會主義國家也都視之為社會主義的無上光榮與驕傲。作為中國共產黨領導人的毛澤東一方面高興，一方面焦急，焦急的是中國也要展現社會主義的優越性呀。在1958年開始的大躍進其實就是急於求成的一場不幸的社會主義建設運動。在大躍進中浮誇風盛行，各地虛報誇大宣傳糧食產量。比如在廣西的一個生產隊就把畝產水稻吹到了一兩萬斤，《人民日報》稱之為「放衛星」，得到《人民日報》的肯定後，各地的吹牛比賽達到了高潮。後來「放衛星」或發射「衛星」均指不切實際地吹牛，誇大聲勢，謊報高產量等。而其中最大的衛星又是廣西發射的，下面讓我們來看一篇王定寫的文章〈廣西環江曾放最大衛星 水稻畝產竟達十三萬斤〉（該文發表於《南方週末》1998年10月9日），我個人認為該文涉及當年歷史之相關問題十分詳實豐富，值得在這兒全文引用，並因此不嫌其長（我的相關詩歌見後：〈夜戰絕殺，奇蹟誕生〉）：

40年前，即西元1958年9月9日，廣西環江縣放出了水稻豐產，畝產稻穀13萬斤的「大衛星」。這顆全國最大的水稻假衛星，在一個正常年景裡，給環江縣造成巨大災難，黨和政府的威信更是受到難以估量的損失。

自1949年末建環江縣政權之始，直到1957年底反右，我是環江縣的任官，有責任就所親見、親聞及30多年來搜集的有關資料，具書陳述，並供後世查尋。

環江縣位於廣西西北部，總面積4500多平方公里，居住著毛南族、壯族、漢族、苗族、瑤族、仫佬族、水族、侗族等多種民族。山區人民敦厚純樸。環江是個產糧大縣，畜牧業以養牛、養豬為主，農民有圈養黃牛的傳統。縣內森林資源較為豐富，有大片的原始森林（只是在放水稻大衛星後兩個多月，環江又放出日產鋼鐵6萬噸的大衛星，原始森林遭到嚴重破壞）。

一、合作化滋生弊端

　　土改後，農民分得了土地，生活有所改善，生產積極性很高。1953年開始成立互助組，隨即成立合作社，1954年春，全縣還只有3個初級農業社。1955年初，上級要求提高合作化的進程，在幾個月內，多數農戶已加入農業合作社。遵照上級指示，1956年春，全縣的初級社又全部合併為高級社，共計有109個。

　　成立高級農業生產合作社後，實行集體的生產方式和統一的分配制度，這給環江的農民帶來許多困難。尤其大石山區，一些居住分散的農戶，為了參加集體勞動，五更前便要起床，走兩三個小時山路後才能到達勞動地點；下午集體收工後，回到家中已近半夜。全家老少，叫苦不迭。秋後分配也出現諸多問題，一個村屯收穫的農產品，其他村屯農民都來參加分配，農產品互相挑來挑去，疲於奔命，偏僻的村屯種出的糧食瓜菜，因路途遙遠竟無人收割爛在地裡，造成了浪費。有的梯田田塊小，集體勞動也極不易，有的人形容一個螞拐（青蛙）可跳過12條田埂，田塊太小，幾頭牛進去無法耕犁。不合理的生產方式使農民難以適應，群眾對此反映強烈。

二、包產到戶、到組，縣委遭改組

　　上述情況反映到環江縣委，當時正好又接到上級要求整頓農業合作社的指示，縣委決定由我帶幾個同志下鄉調查，其中有農業部長李堅和下南區委書記韋明等幾個幹部，下到幾個經營管理問題較大的大山區鄉的高級社調查整頓。

　　調查回來後，召開了縣委會。根據實際情況，縣委決定在邊遠山區實行「水稻三包（包工、包資、包產）到隊，到組，到戶，超產獎勵，旱地零星作物下放到戶」的經營管理辦法，並在1956年9月12日縣委三級幹部大會上提出討論。會後縣委還組織部分幹部由景陽、希遠兩個山區社介紹「包產到組到戶」和「小作物下放」的經驗，總結了山區搞三包到戶的優點和好處。1956年11月5日，我就此向宜山地委作了專題書面報告。

　　我的報告上報地委後，地委以文件的形式批轉各縣委，並加了按語，要各縣參考，同時批覆環江縣委可以搞試點。最近發表《農民日報》總編輯張廣友對萬里的訪問，萬里指出，包產到戶救了中國，也救了社會主義。環江縣在全國是最先搞三包到戶的，卻為之付出了慘痛的代價。

　　這一方案後來被戴上瓦解農業合作社、破壞集體經濟、帶頭走資本主義的大帽子。提出方案的環江縣委被迫改組。原縣委四個正副書記，三個劃為右派，書記王定劃為極右，副書記車丙寅、陳朝群為右派；農村部正副部長譚彥明、李堅劃為中右；全縣八個區四個區委書記劃為右派，一個劃為中右，全縣幹部中有97人打成了右派，66人被劃為中右；更多的則被扣上「王定的社會基礎」的帽子，被清除回農村管制勞動。

三、密植奪高產的假戲法

　　1957年11月，新任縣委書記洪華等人清洗了一大批所謂「右派」分子以後，接著在全縣開展大躍進運動，提出「不怕做不到，只怕想不到，只要想得到，一定能做到」的口號。洪華曾宣告要「爭全區第一，全國第一，天下第一」，他在大大小小的會議上打「擂臺」，誓言要放水稻高產衛星。

為了讓環江放出天下最大的水稻高產衛星，經過縣、區兩級的精心策劃，決定選用並苗的方法。柳州地委（這時環江縣已改屬柳州地區管轄）領導也特別關照環江的水稻衛星，並為放衛星具體地指出了方向，他們暗示：「……湖北三萬斤畝（產）的衛星是把六畝移到一畝裡去了。全國衛星沒有十萬斤（畝）恐怕放不出去的。」

縣裡根據上面意圖，制定了實施方案，派出了縣委管農業的副書記季某和農業部副部長覃某、李某等一批人馬，於1958年8月22日前後，召開了城管農業社的社隊幹部會議，8月23日，行動開始。

具體的做法是：把原來搞試驗的一塊1.13畝試驗田中的禾苗全部拔出來，再犁耙、深耕，將大量各種肥料施入田中，然後耙融耙爛；8月28日至30日內，動員當地社員、縣直機關幹部和在縣裡參加集中學習的中小學教師等近千人，從城管大隊的南門、北門、地麥、陳茶、良傘，三樂大隊的劉家、地理、歐家等生產隊的一百多畝中稻秈谷水稻田中，選出長勢最好、且已成熟的禾苗，將禾苗連根帶泥移到試驗田中並苗。由於不分晝夜，那塊田的並苗兩天即告完成。其植之密，乃至小孩在禾苗上即使爬來爬去也掉不下來。

在並苗過程中，為了將禾苗穩住，他們用木樁支撐後再用竹篾片攔腰，將田塊分割成五六尺見方的格子；四周也用木樁頂實，這樣禾苗便直立在一塊一塊的格子裡。他們還在田頭搭棚紮寨，成立現場指揮部，裝有電話機，由大隊幹部日夜看守，派專人護理。移植的禾苗密不通風，他們便用噴霧器改成鼓風機、給禾苗插裝竹管，由十多個人輪流鼓風，日夜不停。按常理，禾苗在收割前是無須施肥的，但是人們不斷給這塊地的禾苗施肥；在施人畜糞尿時，糞渣子黏在葉片上壓了禾苗，人們竟用蚊帳將糞水過濾，再用灑水壺噴灑。

一台密植奪高產的假戲，布置就緒。對此，不少人表露了反感的情緒，但均被壓制。

四、畝產13萬斤的「製作」過程

1958年9月初，以洪華為首的環江縣委就向柳州地委和自治區黨委報了喜，聲稱要放一顆畝產超10萬斤的全國最大的衛星。自治區、柳州地區黨委隨即發函邀請各新聞單位和電影製片廠到現場採訪報導；還組成檢查驗收團，成員有黨政領導、政協領導，還有廣

西農學院、廣西大學等科研院所的與水稻種植有關的教授、專家。

1958年9月9日上午10時左右，中共環江縣委書記洪華，向一名領頭開鐮的副書記授勳似的授給了繫有紅綢帶的新鐮刀，舉行了隆重的開鐮儀式。開鐮儀式共有六千多人參加，包括特邀來的檢查驗收團成員，來自廣西各縣每個生產隊的參觀者、環江縣各公社的代表以及奉命到場的當地社員，四百多男女社員參加現場收割。

在收割時，把田頭收割下的穀子用一擔擔籮筐裝滿，每人一擔挑起排成隊伍，在縣城主要街道遊轉一圈後，把穀子運到縣委大院過秤堆放。在街道上遊行時，在四個生產隊的糧倉裡，一群群社員遵照指令，將準備好的一擔擔穀子等遊行隊伍路過時，就尾隨跟上。挑穀遊行的隊伍人數，一下子便增加了兩倍多。

即使如此，恐怕還不能達到預計的產量。在亂哄哄的過秤現場，策劃者又施展魔術，指揮過完一次秤的，不倒上穀堆，又挑起穀子回到未過秤的隊伍中再次過秤。如此循環往復，過秤的數字便越來越大了。

經過十幾個小時的折騰，縣委大院堆滿了穀子，統計人員從登記簿累計出數字，這塊試驗田共1.13畝，當天收割了1.075畝，收到乾穀140217.4斤，折合畝產130434.14斤。就這樣，一個全區、全國、人類歷史上空前的水稻畝產最高紀錄便魔術般地「創造」出來了。

事後細心的人士作過瞭解和統計，當天在這塊收割的1.075畝稻田裡，實收穀子26000多斤，從四個生產隊的糧倉裡又挑出了67000多斤穀子參加過秤，另外47217.4斤，則是團團轉、重複過秤「創造」的。

策劃者要求驗收團在驗收喜報上簽名。大多數成員都把自己的大名列在了參加驗收的名單裡。

不過，區黨委組織部一名副部長陳東沒有簽名。

第二天，1958年9月10日上午，縣委書記洪華為試驗田的大「豐收」舉行了有中央和區、地各新聞單位16名記者參加的記者招待會，正式宣布這塊1.13畝並菀移植的試驗田已收了1.075畝，實收乾穀140217.4斤，平均畝產130434.14斤，尚有0.055畝未收，留待以後組織參觀。

全國最大的水稻衛星，就這樣放出去了。

五、浮誇騙來榮譽、權位

環江縣放出荒謬絕頂的「大衛星」，榮譽也隨之而至：環江縣成了區內外聞名的紅旗縣、上游縣，縣委書記洪華成了英雄。在地委召開的三級幹部會上，洪華除披紅掛彩，還領到一面特大紅旗。洪華在扛紅旗回縣裡那天，預先動員和策劃的歡迎隊伍擠滿街頭，在一片鑼鼓和鞭炮聲中，洪華被高高抬起，從街頭一直抬到縣委會。

洪華不斷地吹噓、浮誇、放「衛星」，也一次次得到獎勵。有人統計過，在環江縣委書記兩年多的任期內，洪華共領到過96面紅旗。洪華漸漸以黨的化身自居，樹立他在環江縣的絕對權威。在環江縣，洪華要去哪裡，先必打電話通知當地，要求組織社員夾道歡迎。有一次洪華去山川公社巡視，離公路遠的社員晚上便打著火把往公路邊趕，有的凌晨兩點鐘便守候在公路邊。全公社18000多人口，這次出動了11000多人，歡迎的隊伍有5里之長。

放「衛星」的「功臣」相繼得到提拔和重用。洪華後來被提升為中共柳州地委書記處書記。

六、放衛星後的高徵購

環江的糧食似乎已堆積成山，無倉可放了。不過，1959年初，縣裡向上級彙報和向外公布的數字是：1958年全年糧食總產量3.3億斤；而實際的產量卻只有1.05億斤（就是這個資料，也還含有水分）。

環江糧食「豐收」了，向國家多交徵購糧是理所當然的，上級給環江下達了0.71億斤徵購糧任務，是上年（1957年）實際完成任務的4.8倍。這當然無論如何也完成不了。

不能完成徵購任務，怎麼辦？縣裡便強迫基層幹部和農民上交糧食，說是「瞞產私分」。柳州地委在環江縣水源公社召開現場會，組織了全地區3340個社隊幹部和社員代表前來參觀。他們預先策劃和布置了瞞產私分的假現場，證明群眾有糧不交，向參觀現場會的隊幹和群眾施加壓力。這次會議逼出達2.4296億斤的所謂「後手糧」（即黑糧和瞞產糧）。

結果，各社隊僅留的一點口糧和農民家中的存糧都被當作「後

手糧」上交外運了。但是，催交徵購糧仍沒有放鬆和停止。到1959年春，農民的口糧都無法保證，糧食出現全面緊張，斷糧的農戶越來越多，四五月間饑荒出現，死人日益增多。這時區黨委貫徹落實中央鄭州會議精神，給環江批了100萬斤統銷糧，才使環江人民勉強渡過了1959年上半年的饑荒。

1959年8月盧山會議召開後，全國掀起了反「右傾」和保衛「三面紅旗」運動，一場高產浮誇、高指標分配徵購任務的狂風吹到環江縣，伴隨而來的「反瞞產運動」掀起了新的高潮。環江縣委書記洪華自告奮勇，爭當先鋒。

1959年，上級分配給環江縣的糧食總產量指標是9.6億斤，比1958年的3.3億斤又翻了兩翻，分配下來的徵購任務是貿易糧0.71億斤（折合原糧便是1億斤），而當年環江縣實際產糧僅是0.828億斤，將全部糧食上繳也交不出這1億斤糧食，群眾無糧可交。

實在沒辦法，只得將原來分配的9.6億斤總產量調整為2.4億斤總產量上報。按上報的2.4億斤產量，環江縣1959年分得徵購任務0.385億斤貿易糧。洪華為了奪紅旗，在當年10月20日地委召開的三級幹部會議上報喜完成了0.388億斤。環江縣倒是又扛回了一面紅旗，但實際入庫數僅有0.1881億斤。

虛報的數字，要用實物去兌現，各公社都無法用實物去完成分配的任務，當權者以高壓手段強迫農民交出糧食。

七、追瞞產置人於死地

縣裡開展反「右傾」、反瞞產的政治鬥爭：召開大會，發動各公社開展聲勢浩大的反「後手糧」（即反瞞產）運動。在會議上，由各大隊選一個報產量報得多的小隊為標兵，要其他小隊向他看齊，達不到的便是瞞產私分，就要挨鬥受批。他們還要報得多的小隊幹部去批鬥報得少的小隊幹部。不願多報的、報不出瞞產私分的人，就要拿去「小勞改」，不給飯吃。

在洪華親自蹲點的城關公社陳雙大隊的逼糧會上，連鬥帶傷加上挨餓，竟死去13人。洪華還說：「這些人是社會主義的逃兵，死去幾個不要緊。」

逼得走投無路，也有人在會上當眾指責洪華放衛星是好大喜

功、出風頭、吹牛皮。這些人都遭到殘酷的迫害,有的甚至被迫害至死。

為了完成上交徵購糧任務,環江縣委按自治區的布置,將各集體小倉庫裡的糧食作為徵購糧一起併入國家倉庫,這樣總算完成了徵購任務0.3156億斤。

縣裡既將群眾的口糧,豬、牛牲畜的飼料糧全部併入國家倉庫,又實行餓死人也不給開倉的政策,誰若擅自開倉,輕的開除黨籍、公職,重的挨批挨鬥,甚至被整死。

城關公社塘蘭大隊黨支書崖日堅,不忍讓群眾活活餓死,開倉庫撥了部分糧食給斷炊的群眾救急。洪華在全縣三級幹部會議上指著崖的鼻子大罵:「有你崖日堅,就沒有我洪華;有我洪華,就沒有你崖日堅。」於是這位土改的積極分子、多次的勞動模範、合作化的帶頭人、公社黨委委員、大隊支部書記,就被當場宣布開除黨籍,撤銷一切職務,並被罰站到散會。此後又被拉去縣裡和村裡,召開大大小小的鬥爭會,輪流鬥爭後還不給飯吃。在一次鬥爭後,這位身強力壯的三十多歲農村好幹部走不到兩里路,活活地餓死在回家的路上。

饑餓難以忍受,一些不甘心等在家中餓死的人紛紛外逃,到貴州、金城江等地討飯。縣委即下令追捕,集中關押進行「教育」。在關押之中,連悶帶擠,死去44人。在追捕過程中,水源公社書記韓祖文曾按照洪華指示宣布:「外逃人員經動員還不回來的,就打死算了。」

八、大饑荒,餓死四五萬人

饑荒愈演愈烈。社員家中無炊煙,幾個公社的公共食堂都長期停火,最長的達130多天,最短的也有1個月以上。因饑餓造成了各種疾病,浮腫、肝炎、乾瘦、婦女子宮脫垂等病人不斷增多。

據調查,1959年5月至6月間,環江縣的明倫公社病倒1600多人,其中重病1004人,浮腫486人,死亡146人。

在1959年至1960年間,環江縣究竟死了多少人,沒有統計出一個準確數字。我的計算方法是:我任縣委副書記兼縣長的1954年人口普查時,環江縣的人口為15.77萬人。當時實行獎勵多生育政策,

是人口增長速度最快的時期；到1959年，環江縣人口已增長到17萬多人；而到1962年，全縣統計發布票人數（當時發布票是一人一份的，這個資料比較接近實際人口）是12萬人。粗算下來，這段時間人口減少了4萬多，占當時人口的四分之一。另據自治區一位領導在1995年春節告訴我，環江縣在那一場災難中死去5萬多農民。

據當時調查者不完全的統計，1959年至1960年，城關公社的陳雙大隊，付點公社的中山大隊，馴樂公社的康寧大隊等大隊的死亡率分別為26%、46.57%、45.5%；水源公社的龍樹屯、馴樂公社訓林大隊岩口屯兩個自然村的村民則死光了。據對水源公社所死的1706人的情況調查，其中餓死的有1500多人，鬥爭吊打至重傷而死的82人，當場鬥死15人，開槍打死5人，全家死絕的有9戶。

九、迫害反映情況的人

面對著不著邊際的浮誇和大量死人的嚴重事實，有良知的人曾用不同的方式進行抗爭，但在狂熱的背景下，抗爭不但無濟於事，反而屢遭無情的迫害。

1959年3月，環江縣人委幹部譚紹儒在剛出現饑荒時，就以環江縣城關區公所的名義向中央和報社寫信反映饑餓情況。「木薯在環江來說約在1940年引進的，至1954年王定號召推廣作養豬的飼料，自古以來人民是沒有吃過的，⋯⋯洪華看待環江人民（連）雞狗也不如，⋯⋯現在人民每天吃一斤木薯，吃的木薯還壓迫群眾講每天吃兩飯一粥，菜是每餐三菜一湯，⋯⋯請（問）洪華書記，三菜一湯在哪裡。請上級黨委深入農村調查。」此信被洪華截獲，他指定公安機關拍成照片，在全縣範圍內查對筆跡，追查寫信人，後來查出是譚的筆跡，便下令組織機關幹部進行鬥爭，並在全縣輪流批鬥。譚後來被開除公職，送回農村監督勞動。

1959年3月，譚紹儒又以「環江縣全體農民」的名義，寫信給毛澤東，信中寫道：「在我們環江縣委直接領導下，在實踐中，有些是與中央提的不相稱的，請派員下來深入調查，針對問題糾正。」「環江畝產十三萬（斤）糧食是怎樣得來的呢，縣委領導把那塊田耙好，在禾苗已抽穗勾頭穀粒已黃近收時，把禾株全部拔出來雲集在那塊田裡（發動整個的群眾來搞），這不是浪費勞動力嗎？這樣

做我認為十三萬斤太多（少）了，那塊田可堆百多萬斤穀呀」。這封信也成為譚攻擊「三面紅旗」的罪證。

為了掩蓋環江死人的真相，洪華曾對郵電局長下令：「凡是寫給上級黨委的信，全部扣留，送交縣委審查。」

1959年上半年，環江各地開始出現餓死人現象，幹部群眾議論紛紛。洪華則說：「死幾個人值得什麼大驚小怪，有生就有死，生生死死，死死生生，這是自然規律。」1959年下半年，縣人委監察室副主任羅傑多次反映明倫公社死人多、餓死路邊也無人掩埋的真實情況，結果被扣以「對黨不滿，是反領導」的罪名，於當年10月被停職反省，管制勞改，在機關反覆批鬥，每天罰撿三擔牛糞。

1960年1月，城關公社副主任莫仁忠下到塘蘭大隊，見到病人很多，死人現象嚴重，回來後與醫院院長談論。院長向洪華彙報此事，洪華聽後氣憤地說：「莫仁忠反映社員沒飯吃，病人死得多，真是豈有此理！這個人一向右傾，你們要好好解決他的問題。」結果，莫在反右傾中給戴了頂「右傾分子」的帽子。有些環江籍部隊戰士回家探親，見餓死家人，寫信到報社被批回環江調查。結果，有的被開除回家，有的被送去勞改。

十、設置障礙，調查受阻

後來，自治區還是覺察出環江縣大量死人的現象。1960年3月，區黨委、地委檢查團的一個組來環江縣實地調查。

洪華等人如臨大敵，想方設法給調查組設置障礙，他們多次組織召開秘密會議，在會上威脅說：「亂反映情況是大是大非問題，是敵我矛盾的鬥爭。」共青團區委幹部李月清（現任區老幹局副局長）帶調查組來到環江後，發現死人嚴重，想把死人情況向上級反映，電話無法掛通，拍電報電報稿還沒發出去，便被扣壓下來交到了洪華手中。

洪華指責檢查組是「不懷好意」「專找岔子」，還說：「這些人年輕無知，生活在城市裡很少下鄉，下來後專找死人材料，反右非打成右派不可。」還指責檢查組不向縣委彙報就直接報自治區黨委；強迫檢查組在上報材料中把死人的數字一再改小，死人的原因說成是傳染病引起的。改成這樣後，才允許向區黨委彙報。

在對待敢於向檢查組反映情況的幹部和群眾，洪華等人的態度也很惡劣。腰間常掛有手槍的縣委副書記韋某曾說：「你反映（死人）的情況如果真實，墳頭在哪裡，你敢簽名蓋章嗎？」

這樣，檢查組的工作困難重重，無法順利進行。後來由於環江縣災難日趨嚴重，餓死人無法掩蓋，自治區的黨政領導親自下到環江，調查工作才得以行。

十一、造假者的結局

1960年元月，洪華被提升為中共柳州地委書記處書記；3月5日，洪走馬上任。

經檢查團調查，環江縣大量死人是由於餓死的這一事實被認定。6月，洪華被撤職，改任地委財貿部長；1960年冬，在「整風整社」運動中，因在環江縣大放衛星、大刮「五風」受到幹部群眾的揭發批判，洪被揪回環江批鬥；1961年3月2日，在環江縣幹部群眾大會上，洪被宣布開除黨籍，並逮捕法辦；1963年10月31日，洪被自治區高級人民法院判處有期徒刑5年。

1980年，有關方面做出決定，給洪華平反。

再觀麻城

那邊青翠未改，這邊開得更濃，聽！麻城捷報剛剛抵達：
據新華社8月12日電：湖北麻城早稻畝產——
三萬六千九百多斤。為何？再且聽秘底如下：
這塊田整地共達十次，深耕達一尺以上。
共施底肥、追肥五次，先後施用的肥料計有：
草籽三千斤、塘泥一千擔、陳磚土四百擔、
硫酸胺一百零五斤、過磷酸鈣八十斤、水糞肥六十擔、
豆餅一百八十斤。另，底肥結合犁地分層施用，
這樣一來，就徹底做到了層層疊疊有肥料。

哦，難怪樅陽喘息未定，麻城又一馬當先！

廣東窮山再急追

又據新華社廣州9月4日電:

廣東省北部山區又升起一顆刺目的衛星。

它就是連縣星子鄉田北社的一點零七三畝中稻,

共產乾穀六萬四千八百四十九斤二兩六,

平均畝產乾穀六萬零四百三十七斤多。

這其中的究竟稍有變化(若中藥配劑的微妙出入):

密植前僅深耕精準的一尺,施下基肥塘泥、

草皮泥和綠肥等八千斤(不多也絕不能少),

牛欄糞五百擔,和泥土拌勻又施茶麩十擔,

草木灰三十擔(以上操作仍須精準)。

然後在7月18日(這一天至為關鍵,

不能提前,亦不能延後,哪怕僅僅一天)

實行最高度的集中密植,整塊田共插下

禾苗八十多萬蔸,一千多萬株。

哦,變化和精準是急追麻城的魔法。

夜戰絕殺，奇蹟誕生

1959年8月2日晚間，廣西環江紅旗人民公社城管大隊
在一畝一分三釐的中稻田上展開了決戰。全社八百多
人組成了犁耙、拔秧（即移植抽穗的禾苗，這是奇招、
險招，常言道：人挪活樹挪死）、運肥三個大隊，
連夜突擊。十二人犁耙田，採取壓槽法深耕一尺五寸；
二百多人川流不息地運送基肥。拔秧組的社員則用
腳犁小心地將秧苗挖起來，放在陰涼的地方準備
移植。第二天晚上，全社又集中突擊一通宵，結束了
移植工作。移植的禾苗因密不通風不見陽光，禾葉
發熱枯黃，禾稈發霉變黑，社裡當即派人用竹帽日夜
替禾苗扇風；接著又用日間排水夜間灌水的辦法來
降低田裡的溫度；再接下來，又將噴霧器改成鼓風機，
通過安插在田裡穿孔的竹管將風逼進禾內，再由
十二人日夜負責輪流鼓風，並每日用竹片將禾穗
撥動一至二次，使禾苗享受充足的陽光，加速禾苗
灌漿黃熟。但施肥又遇到問題，化肥和草木灰無法
施進去，用人糞尿會有渣滓積在禾葉上。但他們總有
辦法，不畏折騰，最終想到了根外施肥這一招——
凡是施化肥草木灰或人畜糞尿時，都沖水拌勻，並用
紗布濾過，然後再用灑水壺和竹管接灑水桶來噴灑。

在移植的頭六天，每天做一次，六天後隔二三天
做一次，直到黃熟為止。為防禾苗倒伏，他們也
非常精細，在移植的同時，就預先在田的周圍和中間
打上許多木夯，搭起貼切的竹架，使禾苗隨時在風中
有所依附。唉，還要說下去嗎，夠了。正是通過以上
婉轉迭宕的工作（並非僅有辛苦）特別是夜戰
（請原諒這裡再次提醒讀者注意），城管人創造了
奇蹟：畝產升至十三萬零四百三十四斤十兩四錢。

徐水！徐水！

徐水在閃光、在奪目，正以山藥一騎絕塵，率先突破。
你知道大寺各莊麼？毛主席就在這裡看過一種糞堆型山藥，
即用糞（裡面）和土（外面）壘起的一個堆堆，在堆堆上
栽滿山藥秧子，並插一個竹管直通糞堆，從竹管澆水下去
催動肥料發酵且放出沼氣，以培養土層和作物。或用糞
壘成一個長型對稱的山坡，沿山坡把土砌成一級級的樓梯，
在每一級樓梯上栽山藥也可栽白菜、蘿蔔。要不就用糞
壘成一個寶塔，再沿塔坡將土砌為一層層環形的階梯，
在每層階梯上栽山藥又或者是白菜、蘿蔔。這後面兩種
沼氣堆的頂部，也依然插入澆水的竹管。這一來，
糞大水勤，再加施鉀肥、噴磷肥、灑生長素、打葡萄糖，
甚至還澆狗肉湯（準確地說共灌了四條狗的肉湯），
大寺各莊一畝山藥產量便順理成章高達一百二十萬斤。

面對大寺各莊眼花繚亂的搞法，漕莊的劉廷奎展現了霸氣。
他說，先讓伏天照曬翻開的泥土，然後深掘七尺，
把地下的紅土層翻上來與好土和勻；施底肥三十萬斤；
人工培育的小麥種籽在剛出芽的當口播下，以防備糞大燒芽；
土地壘成堆形，利用沼氣養育；人工降雨澆灌，

用最多最好的化肥追補；播籽一千斤，每平方公分一粒；
每顆長八十粒小麥，如是就直抵畝產十二萬斤。

但毛主席還是偏愛徐水的大寺各莊，他去那裡注目過的
棉花枝（太粗大了，誰看了都說是棉花樹）都已被
綁上了紅布。而且每畝施底肥五萬四千斤，過磷酸鈣
一百二十斤；追硫銨四次，共享一百七十斤；追氮肥
一次，生長素和鉀鹽各四次，噴磷四次，除蟲七次；
鋤八遍，澆水兩次，整枝十八次。另外還搭棚子，
晚間在棚頂蓋被子，棚下用電燈光照明，起催生
刺激作用。如此這般的手段——每棵棉長到了八尺高，
每顆生出了一百二十個棉鈴，自然畝產五千斤皮棉
不在話下。以此類推，1958年中國棉花總產量
已輕鬆壓倒美國。大寺各莊脫穎為王。

梁伯太

廣東農民婆婆梁伯太豈甘當閒人（其實她一天閒人未當過，
99歲時還在社裡托兒所工作），1958年，她正好一百歲，[1.]
大躍進的生活攪得她內心狂野（但不是抒情），當場就在
家中架起五個熊熊烈火的大爐灶，每口鍋裡日夜不停地煮著
翻滾的黃色液體。家已不存在，家已改造成社裡的製肥
工場，但她仍不滿足於僅「毀家」，當一個黃色液體的
製肥人；她糾纏社主任，非要搞試驗田，社主任無奈，
只好撥給她三分五釐田玩。從此，梁伯太田間山上
飛起忙，連人影都尋不到。有一次，整天不見她，社裡
派人四處搜，急得團團轉，天已黑了突然牧童來報，
梁伯太在山中割草燒灰，挑燈夜戰，說什麼在製肥方面
還要搞一個新名堂。又一天，她親領《南方日報》記者團
參觀她密麻蔥綠的試驗田。記者問她種的什麼品種，
她說她只種「鼠牙占」[2]。明知產量低，為何偏選它？
梁伯太認為「鼠牙占」最好吃，將來糧食多了，人們專吃
好米，不預早想法提高這種米的產量怎麼行。梁伯太
思維前瞻、回答爽利，接著還談到畝產問題，她這塊田
原來計劃畝產二萬斤的，由於和少先隊的試驗田挑戰，
提高到二萬二千斤；反正要比他們多一點，說什麼都
不能輸給少先隊員，梁伯太念念不忘這個關鍵。

注釋

1.一百歲的梁伯太不當閒人，並非今人獨佔，古時亦有之，清初著名詩人王士禎在其《香祖筆記》卷一中就寫來一條：「門人李少京兆子來（先復）言曩過漢中，聞南鄭縣之東有民家老嫗，年百二十歲矣，尚強健無恙。李自往訪之，雲晨往田間栽種，未及見。」（王士禎：《香祖筆記》，上海古籍出版社，1982年，第15頁）

2.「鼠牙占」這一穀種真是名副其實，非常形象，米粒像老鼠牙一樣尖細，煮成的飯嫩滑噴香，只可惜這一穀種產量很低。

抒情

有一個抒情的青年
大學畢業時本可去北京工作
但他選擇回了家鄉貴陽。
原因是他十分懷念他高中時，
曾走過好幾次的一條小徑；
那是一條幽暗的小徑，
盡頭有一座50年代的樓房——
貴陽市科學技術研究所。
他想像在那裡工作的情形，
想像每天在那條小徑散步，
懷著與世無爭的感動，
而且這單位離父母家也很近
多麼愜意呀……
還有什麼不滿足呢？
結果當他真的來到這個單位時，
第一天他就覺得有些什麼地方不對
是這小徑變了味？
還是自己內心出了問題？
一種荒涼的安靜在等著他
這一點他勉強能夠接受，

但研究所門前昏沉的油污
顯出一縷縷衰老的氣氛，
他看著真想哭。
就這樣，他還是努力適應了幾天
以期喚回從前的感覺，
但結果卻是灰心、厭煩以及無邊的痛苦。

順德人入人民公社[1]提出五不帶

一、不帶白旗入社；

二、不帶三類禾入社；

三、不帶落後地入社；

四、不帶有蟲害禾苗入社；

五、不帶非共產主義風格入社。

注釋

1.「人民公社」為「三面紅旗」之一面，另二面為「總路線」和「大躍
進」。這裡單說人民公社，毛主席（後簡稱毛）對它憧憬已久。早在
1918年晚春的一天，剛從湖南省立第一師範畢業的毛約同學、好友蔡和
森、張昆弟等人，到長沙城西湘江岸邊的岳麓山，一邊遊春一邊作一次
社會改造的探討。他們熱情地談論並計劃建立一個「新村」（新村及新
村主義原為日本作家武者小路實篤提倡，其實質是一種烏托邦式的共產
主義村），期望以新村這個模式來達到改造中國社會的目的。

為建立新村，毛跑遍了岳麓山下每一個村鎮，可就是找不到合適的
試驗場所，最後他們只得在岳麓書院半學齋勉強住下來。每天除了自學
以外，過著一種腳穿草鞋，上山砍柴，自己挑水，用蠶豆拌大米煮著吃
的清苦生活。沒有多久，新村的生命之火便消失了，毛和他朋友們告別
了這浪漫的青春生活，分頭下山，各奔另途而去。留下的只是對往事的
回憶：「恰同學少年，風華正茂；書生意氣，揮斥方遒。」（毛澤東
《沁園春·長沙》）

後來，我讀到了《毛澤東早期文稿》（此書由湖南出版社1990年出
版），在449頁，我發現了一篇對「新村」詳細設計的文章《學生之工
作》（寫於1919年12月1日），這篇五千多字的文章就不在此全引了，

僅擇大要說之：毛寫此文的目的是想通過建立新村創造出新人，因此全篇都圍繞教育這個主題。他認為要使家庭社會進步，不能只講革除舊生活，必須創造新生活。而新生活又必須通過新學校對學生的培養漸漸創立。毛這位從鄉間走出來的知識份子，深感城裡學校的學生「多驚都市而不樂田園」，也不熟諳社會。因而應從革除此弊入手，創辦新學校。在新學校裡，學生「一邊讀書，一邊工作，以神聖視工作」。毛說的工作包括種園（花木、菜蔬等）、種田（棉、稻及其他）、種林、畜牧、種桑、雞魚各項，「全然是農村的」。為此，他還安排了每日工作生活時間表：「睡眠八小時。遊息四小時。自習四小時。教授四小時。工作四小時。」他指出：「新學校中學生之各個，為創造新家庭之各員。新學校之學生漸多，新家庭之創造亦漸多。合若干之新家庭，即可創造一個新社會。新社會之種類不可盡舉，舉其著者：公共育兒院，公共蒙養院，公共學校，公共圖書館，公共銀行，公共農場，公共工作廠，公共消費社，公共劇院，公共病院，公園，博物館，自治會。合此等之新學校，新社會，而為一『新村』。」

　　時間到了1958年，毛在一次與劉少奇談話時，設想了中國幾十年後的情景：「那時我國的鄉村中將是許多共產主義的公社，每個公社有自己的農業、工業，有大學、中學、小學，有醫院，有科學研究機關，有商店和服務行業，有交通事業，有托兒所和公共食堂，有俱樂部，也有維持社會治安的員警等等。若干鄉村公社圍繞著城市，又成為更大的共產主義公社。」毛的這一設想與他40年前創辦「新村」的設想十分相似，在他看來，他早年無法實現的理想，在「一天等於二十年」的「大躍進」的今天必將變成現實。

　　不是嗎？在1958年11月的鄭州會議期間，毛還批發了《山東範縣提出1960年過渡到共產主義》的材料。據此材料，大家睹了這個縣設計的一個三年內進入共產主義的規劃：要把全縣993個自然村合併為25個共產主義新樂園，每個新樂園都有婦產院、劇院、影院、幼稚園、養老院、療養院、休假院、公園、托兒所、衛生所、圖書館展覽館、文化館、理髮館、青年食堂、養老院食堂、大禮堂、會議廳、餐廳、跳舞廳、浴池、養魚池、供應站、廣播站、體育場、發電廠、自來水供應廠、畜牧廠等；到1960年實行「各盡所能，按需分配」的共產主義分配制度，到那時，人人進入新樂園，吃喝穿用不要錢；雞鴨魚肉味道鮮，頓頓可

吃四大盤；天天可以吃水果，各樣衣服穿不完；人人都說天堂好，天堂不如新樂園。「新樂園」同樣也是「新村」的翻版。毛批語道：「此件很有意思，是一首詩，似乎也是可行的。時間似太促，只三年。也不要緊，三年完不成，順延可也。」順便說幾句：毛是詩人，當然歡喜讀這類帶有詩性的文章，而對那些沒有美感的文章，他是深惡痛絕的。譬如1958年9月2日這天，他就曾在《對北戴河會議工業類文件的意見》一信中專門說過，工業類文件寫得不好，沒有長江大河、勢如破竹之勢。他還生氣地說：「講了一萬次了，依然文風不動，靈台如花崗之岩，筆下若玄冰之凍。哪一年稍稍鬆動一點，使讀者感覺有些春意，因而免於早上天堂，略為延長一兩年壽命呢！」

但是，經濟生活並不是詩。它要求人們以最現實的態度來對待它，並尊重它自身的規律，一旦失去這個前提，經濟生活就會給人們帶來災難而不是浪漫。「大躍進」和「人民公社」已將整個中國的經濟秩序打亂了。1958年的春末夏初，僅一個多月內，全國各地就建立了23397個人民公社，舉國上下發瘋般地向共產主義過渡。辦公共食堂、「吃飯不要錢」、勞動軍事化等做法，使得農業生產和農民生活陷入空前極度的混亂；挑燈夜戰，連日突擊的超強勞動，使得許多人累倒、生病或死亡。總之，這股共產龍捲風刮過之後，只剩下滿目瘡痍。「大躍進」和「人民公社」已導致了經濟生活對人們的報復，毛卻仍把它當作「一首詩」。或許他在這一年春天的巡視中被中國人民所呈現的一股「偉力」迷住了，或許是那不停的「喜悅」的報告讓他無法看清真相，或許又會是什麼呢？然而「非常矛盾的是，毛澤東，這位五四精神的產兒，在大躍進期間創造了一種近乎宗教色彩的氣氛。一幅標語上寫的是：『敢叫日月換新天』，另一幅是：『我們要創造人類的新天地』。為了完成誇大的定額，工人們被迫徹夜工作。宣傳欄中的文章標題是：『一夜的成績超過一千年的產量』」。（R‧特里爾《毛澤東傳》，第305頁）毛澤東甚至還在「美國歷史中發現了大躍進的先例，『應該說，世界上的第一次大躍進已有一百多年的歷史』。」（R‧特里爾《毛澤東傳》，第313頁）

紅旗人民公社的食堂制度

河南省孟津縣橫水鄉紅旗人民公社

辦了307個食堂[1.]

其中279個實行了一堂三個灶，

老弱五頓餐和三水五味臺制度。

一堂三個灶，即在一個食堂中有：

青壯年灶、老年小孩灶、病人產婦灶；

老弱五頓餐為：

老人、病人、產婦每天能吃五頓餐；

三水五味臺指：

在食堂，設有洗臉水、漱口水、白開水；

五味臺上放著醋、醬油、辣椒、鹽、蒜汁等

調味品，供人吃飯時選用。

注釋

1. 公社食堂是「大躍進」（見後）的產物。在廬山會議上，毛澤東與彭德懷為此進行了一場短兵相接的衝突，毛說「公社食堂也不是我們的發明，而是群眾創造的。」不過他也承認建立公社食堂的計劃應該修改，因為這惹火了幾億農民。

「大躍進」運動是指1958年至1960年間，中國共產黨在全國範圍內開展的極「左」路線的運動。1958年5月，中共八大二次會議，正式通過了「鼓足幹勁、力爭上游、多快好省地建設社會主義」的總路線。儘管這條總路線的出發點是要儘快地改變中國經濟文化落後的狀況，但由於忽

視了客觀經濟規律，根本不可能迅速地改變中國經濟文化落後的狀況。總路線提出後，黨發動了「大躍進」運動。「大躍進」運動，在生產發展上追求高速度，以實現工農業生產高指標為目標。要求工農業主要產品的產量成倍、幾倍、甚至幾十倍地增長。例如，提出鋼產量1958年要比1957年翻一番，由335萬噸達到1070萬噸，1959年要比1958年再翻一番，由1070萬噸達到3000萬噸。糧食產量1958年要比1957年增產80%，由3900億斤達到7000億斤左右，1959年要比1958年增產50%，由7000億斤左右達到10500億斤。「大躍進」運動在建設上追求大規模，提出了名目繁多的全黨全民「大辦」、「特辦」的口號，例如，全黨全民大煉鋼鐵，大辦鐵路，大辦萬頭豬場，大辦萬雞山。在這樣的目標和口號下，基本建設投資急劇膨脹，三年間，基建投資總額高達1006億元，比一五計劃時期基本建設總投資幾乎高出一倍。積累率突然猛增，三年間平均每年積累率高達39.1%。由於硬要完成那些不切實際的高指標，必然導致瞎指揮盛行，浮誇風氾濫，廣大群眾生活遇到了嚴重的困難。1958年11月至1959年7月間，毛澤東和中共中央曾努力糾正已經覺察到的錯誤，採取了一系列措施壓低1959年的工農業生產指標。八屆八中全會錯誤地批判所謂彭德懷右傾反黨集團，及隨後全黨展開「反右傾」鬥爭，使糾正錯誤的努力中斷，而黨內「左」傾錯誤更加發展。1960年提出要長期保持大躍進，繼續要求工農業生產達到不切實際的高指標，對1959年上半年壓縮指標進行不公正的指責，一味強調反對右傾，要把幹勁鼓足。在各地糧食告急的情況下，還不斷追加基建投資、追加基建項目，鋼年產量指標一噸也不能少。高指標、瞎指揮、浮誇風又再度全面地氾濫起來。從1958年「大躍進」開始的三年「左」傾冒進導致了國民經濟比例的大失調，並造成嚴重的經濟困難。

舊聞抄錄

湖北省光化縣委書記趙富林，最近召集全縣著名廚師和人民公社有經驗的炊事員開會，研究改進公社食堂的做飯問題。會上，大家交流了經驗，想了很多辦法，並且根據縣人民公社的現有條件，研究出了公社一個星期的飯菜譜。這個飯菜譜七天不重樣而且又富有營養。絕大多數公社能夠很快就做到。

星期一　早上，烤麵包、包穀糝、蘿蔔絲、豆腐

　　　　中午，紅薯大米乾飯、粉條湯、炒白菜等

　　　　晚上，麵條、辣醬、白菜

星期二　早上，鍋貼饃、小米湯、炒辣椒絲、酸菜

　　　　中午，油餅、蘿蔔豆腐湯

　　　　晚上，五香糊椒湯

星期三　早上，蒸花捲饃、大米湯、燒豆腐、紅薯等

　　　　中午，炸油饃、溜白菜、蘿蔔丁麵湯

　　　　晚上，麵條

星期四　早上，蒸發糕、高粱糊、包菜、泡菜等

　　　　中午，蒸麵條、青菜湯

　　　　晚上，肉絲麵

星期五　早上，五香鍋貼、蘿蔔白菜湯

　　　　中午，蒸菜包子、紅薯片湯、辣椒醬

　　　　晚上，烙餅、蘿蔔粉條湯、醃菜

星期六　早上，糖包子、伏汁酒

　　　　中午，小米乾飯、白菜湯、炒豆芽、蘿蔔

　　　　晚上，三鮮麵片湯

星期天　早上，糖炸饃、紅薯圓子湯

　　　　中午，大米乾飯、肉絲湯、燒蘿蔔

　　　　晚上，炸椒麵條

　　　　　　　　　　——1958年12月15日《人民日報》

楊鍾鍵如是說

若不把心交給黨，意味著什麼呢？

科學院古脊椎動物研究所所長楊鍾鍵如是說：

不肯交心意味著要保持資產階級立場，不願改造自己。

逢人只說三分話，未可全拋一片心是資產階級的東西。

知識份子的三張舊「皮」已失掉了，如不把自己附在

工人階級的「皮」上，只能成為「樑上君子」。

為改造而遊行

遊行開始了，1958年3月16日下午四點整，
一萬多人的隊伍，分東西二路，向東單和西單前進，
那是民主黨派和無黨派人士為促進社會主義自我改造
舉行的遊行。李濟深、沈鈞儒、黃炎培、郭沫若
馬寅初、錢學森、華羅庚、顧頡剛、謝冰心……
他們邊走邊激烈地談論著改造的決心，決心是如此
迫切熾熱勝過了正飛速出爐的鋼鐵。而有一個人
成為遊行激流的亮點，他是地質勘探學院地球物理
探礦系主任薛琴舫教授，他有病，只能坐一輛手推車
前來遊行；但他的聲音最大，他在不停地高喊：
「我需要改造！我需要改造！」

規劃二條

文化部副部長夏衍在1958年3月27日《光明日報》上
發表〈我的規劃〉九條，不必一一抄來，這裡僅錄二條：
一、下半年以三個月時間搞「試驗田」
二、重溫和精讀〈矛盾論〉、〈實踐論〉，[1]做學習筆記

注釋

1.這是毛澤東兩篇通俗易懂的哲學名著。〈實踐論〉寫於1937年7月，在
　接下來的8月，又寫出〈矛盾論〉。

一個「共產主義暑假」在北大開始了

北京大學萬餘師生員工放棄了1958年的暑假，[1]他們統一行動、協調作戰掀起了苦幹四十天的科學研究大躍進群眾運動。理科系大搞尖端，暫且不表，單說文科系正忙得熱火朝天：批判資產階級偽科學及其學術思想的著作將一本接一本地誕生，《批判馬寅初經濟思想論文集》、《批判資產階級漢學家論文集》、《批判陳寅恪唯心史觀論文集》《批判資產階級史學論文集》、《李白研究批判》、《楚辭研究批判》等等中文系學生已組織起來，決心苦鬥六周，寫出一部嶄新的中國文學史經濟系師生正在研究我國城鄉共產主義萌芽的問題。現在，北京大學全體人員都已進入緊急狀態：圖書館、資料室晝夜開放；總務處職工二十四小時輪流加班；每日開三次飯，設夜宵站，實驗室叫飯，隨叫隨到；醫療室電話出診，藥品送上門；印刷廠說，凡是達到國際水平的著作也要用國際水平的印刷質量來出版。接下來國慶即將逼近──為了向祖國母親獻禮，北大人正緊張而愉快地度過這共產主義的夏天！

注釋

1. 北京大學不僅在這個夏天搞學術「大躍進」，也搞鋼鐵「大躍進」。又如R・特里爾在他的《毛澤東傳》第315頁中所說：「北京大學也建造了自己的煉鋼爐，這使毛特別高興，他可能認為，自己終於還是砸碎了知識份子傲慢的外殼。」

糞之美，糞之思

依然是1958年初夏的一天，上午，下放[1.]幹部李峰
（是一個知識份子）耕完大麥地，撒播了種子
接著開始施肥。系列動作很快就從旁學得流利自如：
先是把二十多斤大糞裝滿筐，將筐斜掛在肩上，
筐頭緊貼胸前，兩手抓起大糞，均勻地抖在地上。
年輕社員打趣道：「老李，味道如何？」「很香。」
李峰邊答邊在感受那手中抓住的濕軟的東西，[2.]
為什麼不是乾硬塊？它長得什麼樣？
李峰再不敢細想下去，更不敢細看。
風這時把他撒出的大糞迎面吹了回來，
鼻子在厭惡，而無形的利劍正直指厭惡的思想[3.]；
唉，更討嫌的是涼風吹出了鼻涕，
「我該怎樣用手來處理掉它呢？」

在不到一個月的日子裡，大糞變了。「變香了，變美了
變得與我們有感情了。」李峰滔滔不絕，「不錯，當我們
在路旁田畈看到別的隊的大糞比我們多時，
我們是多麼羨慕且眼紅呀！」年輕社員還曾打賭說，
你們撒完大糞肯定吃不下飯。結果我們吃得又多又香。
其中有一個同志，吃完飯後，才發現手沒洗乾淨，

指甲縫裡還殘留著細膩的大糞。就憑這游絲般的證據
同我們打賭的老鄉輸了。知識份子最終還是贏了。

注釋

1.「下放」指幹部、知識份子等到工廠，尤其是農村這些基層去工作和
　生活。

2.說到這「濕軟的」糞肥，便讓我想起E・A・羅斯的一段話：「在北方的
　麥地裡，糞便和乾土混合起來使用。我們從稻穀種植中所得到的南方印
　象是液體糞肥、骯髒糞桶、作嘔的臭氣。」（E・A・羅斯：《變化中的
　中國人》，時事出版社，1998，第273頁）

3.「而冬天也可能正是春天／而魯迅也可能正是林語堂」（柏樺《現
　實》）這便是辯證的思想。推論之（由本詩中李峰轉變可見），臭糞也
　可能正是香糞，醜糞也可能正是美糞。這其中道理不言而喻，就看你從
　哪個角度去思想。糞中也有思想嗎？當然有，不然如何來一句「道在屎
　溺之間」（莊子）；而且禪家也有「麻三斤」、「乾屎橛」之說。這裡
　暫且不說古人從糞中見出思想了，來看看今人吧，今人同樣能見出。不
　是嗎，請看郭沫若之子，「前朦朧詩人」郭世英的一首流傳極廣的小詩
　《小糞筐》：

　　　糞是孩兒你是娘。
　　　迷人的糞合成了堆，
　　　散發五月麥花香。

　　　小糞筐、小糞筐，
　　　清晨喚我來起身，
　　　傍晚一起回床旁。

　　　小糞筐、小糞筐，
　　　你給了我思想，

你給了我方向，
你我永遠在齊唱。

而且《人民日報》也在1958年1月7日這一天刊登了一篇文章《新嫁妝——一對糞筐》，毋需全文引來，錄一小節（已稍加整理）如下：

內蒙古呼和浩特市郊五星社社員李玉珍的父親，在李玉珍結婚時陪送一對糞筐，並附詩一首：

一對糞筐，送給女兒作嫁妝，
過去陪送衣櫃洋箱；
今天陪送一對糞筐。
千車肥、萬擔糧，
啊！一對糞筐，
這是我陪送你的新的嫁妝。

另外，糞之美還感染了湖北省省長張體學和副省長李明灝。當他們看見有兩個小夥子正從新洲縣城用大車搬糞回家時（時間是1958年3月19日），就說：這兩車糞就讓我們幫忙拉回你們鄉吧（因二位省長也正去兩個小夥子所在的大渡鄉勤勞二社），說完，二位省長各自拉著一車土糞飛快地小跑起來，一溜煙便不見人影了。

全國到處麥田化

先是山東省益都縣北關街小學
在校內所有空地上種下小麥。
此一典型當即受到《人民日報》推廣：
我們要寸土不讓，一棵不放；
要達到工廠企業麥田化；
機關學校麥田化；
村莊住戶麥田化；
全國到處麥田化。

餵郎豬

這社裡只有八十多口母豬，
沒有一口郎豬（公豬），
怎麼辦，影響了生豬事業的發展
怎麼辦？社裡已焦頭爛額——
男人要幹大力的活，
餵豬是女人的事，
但自古以來女人不能餵郎豬
誰餵了誰家就旺不起來。
河南魯山17歲的小姑娘楊桂蓮
脫穎而出，偏要去餵郎豬；
奶奶不同意，那就翻臉不認人。
她說：一個青年，一個團員，
決不應當向迷信與風俗屈服！

詩中國

八十年代有遍及全國的詩歌熱，

七十年代亦有天津小靳莊的萬人賽詩會，

在此僅一筆帶過，

專說五十年代人人寫詩個個唱。

先是福建同安創立「田頭詩壇」，

即田間地頭或路口到處掛著黑板；

在勞動或休息時，

誰想寫詩就寫將上去[1]。

江蘇常熟更成了詩的海洋——

橫穿街道的巨幅標語寫的是詩，

田間鼓動牌、責任牌上寫的是詩，

展覽會裡的說明詞是詩，

連食堂、旅館的走廊和牆上也寫滿了詩[2]。

在白茆鄉，幾乎人人都是詩人；

社黨委書記萬祖祥是最出色的一位，

在幹部大會上，他擺了一個詩歌擂台賽，

一人對全體，隨口唱出53首新詩。

鄉文聯會員鄒振楣今年73歲，

雪白的鬍鬚齊至胸口，

他歡喜邊燒豬食邊琢磨詩句[3]。

就這樣，僅一年，白茆鄉便創造出三萬多首新詩；
鄉文聯還讓五萬多個剛摘去文盲帽子的農民寫詩，
而且規定每人必須寫五首詩。
算而今，中國文人將重到須驚！
在「大躍進」激情燃燒的歲月裡，
詩歌再也不是文人的專美了，
它已走向民間
並使每一個中國人都成為詩人。

注釋

1. 所寫之詩舉例如下：「半夜三更戰鼓鳴，群英躍馬齊出征，試驗田中比
　幹勁，光榮榜上爭題名。」「鐵鎬高舉起，猛刨深睡地，田土翻三番，
　畝產三萬一。」

2. 「東風力量大無窮，吹得迷信連根拔，吹得保守一掃空，吹得落後沉海
　底，吹得貧窮影無蹤。」「九月菊花透心黃，人民公社是天堂。心裡
　喜、嘴裡唱，山歌飛過白茆塘。」

3. 「白茆鄉大變樣，白茆塘開得像運河樣，兩岸房子造得一式樣，屋後花
　園門前場，電燈照得滿場亮。」

毛主席的誓言

三年以來（1956-1959），毛主席的醫生
不准許他吃雞蛋與雞湯，其原因是蘇聯醫生
說過，這對老年人有害。某一天，蘇聯醫生
又變了一個說法，其結果是毛主席又可以吃雞蛋
與雞湯了。面對這變幻無常的搞法，毛主席
從中發現了本質，他發誓道：
對蘇聯模式不能再盲目崇拜了。

毛主席發現了誰最聰明

1958年初冬的一天，毛主席安詳地坐在沙發上
看一份報告，突然，一條消息令他興奮不已，
說的是廣州附近的一個少年不經意間發現了
消滅螞蟻的一種有效方法。在接下來的第八次
黨代會上，毛主席特別提到此事：「全世界
都沒有發現有效地控制白蟻的方法，但是廣州的
一名中學生就發現了一種方法。」這正應了
毛主席的一句名言：卑賤者最聰明。

卷二

一九六〇年代

一豬一年產百仔

據1960年1月4日《人民日報》載，
黑龍江阿城縣泉鎮青年畜牧場女飼養員
祝有英完成了一豬一年繁殖百仔的試驗。
這試驗最初被認為是異想天開，
但祝有英卻得到黨支部的支持，
要來一頭母豬就立馬開始試驗，方法如下：
對母豬的配種採取熱配、雙配、重配，
經過114天（前一年），母豬產下第一胎，
共得14個仔豬。產後第三天，又讓這母豬配種；
母豬不發情，祝有英就把母豬和仔豬分開，
再把一頭公豬趕到母豬宿舍去挑逗，
一天時間不到母豬就發情了（反正閒著也是閒著），
交配隨即結束。不久，母豬又產下12頭小豬。
產後第六天，她又用同樣的方法為老母豬配種；
同時還讓第一窩小母豬配種。如此循環，當老母豬
產下第三窩時，九頭小母豬也產下72頭仔豬。
一年下來，大小母豬共產112頭小豬。
從此，祝有英這一「一豬百仔」的先進經驗
在哈爾濱全市得以廣泛密集地推廣。

14歲的反革命

1960年四川渠縣清溪公社四大隊九隊
的供銷社路邊，六個青少年正在玩耍。
突然，十八歲的葉會計從地上撿起一張紙條
驚呼：「美國萬歲。反動標語。」
六人頓時發起抖來，相互逼視。
「壞人就在其中。」立刻趕來的民兵隊長說。
誰呢？六小孩開始相互推諉。
「是小黃。」突然，
五個人都指向年齡最小的小黃。

調查隨即展開（僅限24小時內）⋯⋯
「小黃有問題，他小學畢業，未考上初中
肯定對黨不滿，甚至有恨。」
偵察科欒科長邏輯嚴密地分析到。
而破案早已等得不耐煩，
最後，縣公安局局長乾脆拿出手槍
對著小黃說：「不認罪就槍斃你！」
結果還用說嗎，小黃已嚇得驚瘋
——14歲的反革命從此誕生。

一份劉九珍大爺寫的檢查[1.]

我是一個老飼養員，技術全生產隊第一。為此，
隊裡特別優待我，可我卻從不優待隊裡。
我這個人私心重，思想從不沾集體的邊；只想
自己多掙工分，身在飼養室，心在自留地，
集體的牲口一貫就餵不肥。可去年以來，大隊
黨支部開始狠抓政治學習，毛澤東思想照亮了我的心，
腦子也翻騰激動：白求恩是一位有名的外國大夫，
卻把中國的革命事業當作自己的事業，拚上命幹。
張思德是經過長征的老紅軍，為革命燒木炭，光榮犧牲。
他們為了什麼呢？還不是為了革命，為了人類的解放，
為了我們子孫後代的幸福！而我是個人民公社社員，
為什麼不能把牲口餵好呢？毛主席的書是一把金鑰匙
一下打開了我思想上的鏽鎖，我的階級覺悟提高了：
把餵牲口和中國革命[2.]與世界革命[3.]聯繫了起來。
從此，我想得寬了，把內心的吃飯、穿衣、孩子、家庭
換成了集體、畜牲、國家與革命。在一次學習會上
我痛心地檢查了自己的錯誤思想，後悔沒有早讀毛選，
沒有聽毛主席的話。但我現在悔改還來得及。我下決心
為了革命一定要餵好隊裡的畜牲。很快，我把一頭
垂死的瘦牛餵肥了。當其他社的飼養員都來向我取經時，

我笑道：飼養飼養靠思想，心中有了紅太陽，
人換思想畜變樣。

注釋

1.寫檢查是中國的特產，尤其值得解釋一番。如下這個注釋會擴展一些，
　將從影響力的角度來考察「寫檢查」是怎樣的厲害，它甚至改變了美國
　戰俘的思想，當然也早就駕輕就熟地改變了本詩中劉九珍大爺的思想。
　　　犯錯誤寫檢查，這對過去的中國人來說是最為尋常的經歷；現在的
　情況或許有變（由於經濟時代的來臨而改為了罰款），誰知道呢？以我
　而言，我從小就因一些我至今不甚理解的錯誤而寫過幾十上百篇檢查。
　如今，寫檢查的歷史已成過去，但回憶起幼時情景，在家長或老師的逼
　迫下一遍又一遍地寫檢查並等待通過的滋味，實在是既難受又怪異。幾
　十年如流水般逝去，寫檢查之事也淡忘了，因為中國人是善忘的民族，
　我是中國人自然也不例外。
　　　突然有一天，閱讀到一本美國人寫的有關影響力的書，該書談論了
　中國人發明的寫檢查的方法是一種最有效又最前衛的運用影響力改變人
　心的方法，我才幡然覺醒，重新發現了寫檢查的妙處。事情是這樣的：
　在朝鮮戰爭期間，有許多被俘的美國兵通過寫檢查被中國逐漸改造了思
　想。但美國人畢竟不是中國人，寫檢查不能硬逼，得講究一些技巧。於
　是中國的改造官一開始只讓戰俘們做一些看上去無傷大雅的很溫和的反
　對美國或支持共產主義的聲明（如：「美國並不完美」，「共產主義國
　家不存在失業問題」等）。可一旦答應了這些小小的要求，戰俘們馬上
　就發現自己面臨著答應類似的且更加實質性的要求的壓力。如果一個人
　剛剛向改造官承認了美國並不完美，改造官就會要他列舉一些具體的不
　完美之處。一旦他舉出了這些例子，他又會被要求列出一張「美國存在
　問題」的清單，並在上面簽上自己的名字。以後他們又要他在與其他戰
　俘組成的討論小組中宣讀這個清單，並問他：「你的確相信這些，是不
　是？」再後來，他們又叫他以這個清單為基礎寫一篇文章來更詳盡的討
　論這些問題。這樣一來他就開始鑽進了寫檢查的圈套之中了。再接下

來，改造官就會在一個反美廣播中提到這個戰俘的名字和他寫的檢查文章，而這個廣播不僅整個俘虜營的人聽得到，在南韓的美國軍隊也會聽到，於是這個戰俘發現自己成了一名給敵人幫忙的「合作者」。由於意識到自己寫那篇文章並不是出於脅迫，他就會開始重新審視自己，以便讓自己的形象和所作所為符合新貼上的「合作者」的標籤，而這又導致了更多更廣泛的合作。事實表明，只有極少數能夠完全避免合作，絕大多數人都免不了在這樣或那樣的時候做一些看來無關緊要的事情。但這些事情卻被改造官們轉化成可以利用的因素。正是通過寫作檢查這一方法在引導他們自首或做自我批評等。另外戰俘營還定期舉行政治徵文比賽，也就是寫檢查比賽。贏得這樣的競賽獎品是幾根香煙或一點水果。通常得獎文章都堅定地站在支持共產主義的立場上，但也並非總是如此。中國的改造官們非常聰明。他們知道俘虜們覺得自己只有寫共產主義傳單才能獲勝的話，大多數俘虜就不會參加了，所以偶爾獎品也會發給一篇基本上是支持美國，但略有一兩處對中國人的觀點表示贊同的文章。這種策略非常有效。俘虜們繼續自願參加比賽。但在不知不覺之間，他們文章的調子就稍稍有了一點改變，偏向了更同情共產主義的立場，因為這樣可以提高得勝率。殊不知一篇自願寫成的文章是一種近乎完美的承諾。以此為基礎，合作和思想改造就可以開始進行了。

時間已到了21世紀，美國心理學家重新發現了「中國式檢查」的威力，他們不僅從學理上研究它，而且也將其運用到現代企業的管理之中。由此可見，寫檢查至今絲毫沒有過時，依然屹立不倒。順勢而來，它也就成了中國對世界文明的一大貢獻。

這裡再補記一則四川大學中文系教授，《文心雕龍》專家，現已過世的楊明照先生在「文革」時所寫的檢查，讀者可以此與劉九珍寫的檢查做一番互文閱讀：

雕龍對人民毫無好處，只能培養出如劉濟昆一類崇拜封、資、修、大、洋、古的學生。養豬則對人民有很大好處，將豬養肥了，可以改善群眾的生活，人人每個月多分配幾兩豬肉。自己也就越能樹立無產階級思想。我深刻認識到，越雕龍越反動，越養豬越革命。（劉濟昆：《文革大笑話》，香港昆侖製作公司，1993年3月5版，第103頁）

仍據劉濟昆在《文革大笑話》第104頁所說：「校革委委員們看了楊教授的文章（按：指檢查）後，大表讚賞，通報表揚，強調這是知識份子的『康莊大道』，要全校師生向他看齊。楊教授改造有成，升了官，被任命為養豬隊隊長。」另據我所知，楊教授生前一直是歡喜吃肥豬肉的。

2.劉九珍大爺那時的革命，早已不是流血犧牲的戰鬥了。此時的革命恰如R‧特里爾所說：

　　　　革命意味著在工廠整天的工作；意味著學習毛的思想；意味著一個小姑娘把她剛在學校裡學的漢字教給她的祖母；意味著富有理想的年輕幹部從北京奔向農村，向那些只關心天氣和溫飽的農民傳播共產主義思想。

　　　　革命是健康的身體，冗長的會議，高的帽子，關閉的寺廟，新建的橋樑，糧油票證……

（見特里爾：《毛澤東傳》第268頁）

3.簡而言之，就是要通過英勇鬥爭把全世界受苦受難的無產階級兄弟姐妹從帝國主義和資本主義的殘酷壓迫下解放出來。

戰勝乾旱靠的是毛澤東思想

這伏旱沒有旱倒我們，因為我們讀了毛主席的著作。

戰天鬥地，鬥出了八十畝水稻田水足肥飽，生長豐茂。

看來毛主席的教導需記牢，忘了就會碰釘子走彎路；

且不，這次抗伏旱就是最好的證明。回想當初伏旱剛露頭

我們沒有按毛主席所說「丟掉幻想，準備鬥爭」去做，

相反抱有幻想，存在僥倖心理，總以為稻田裡有水，

說不定幾天後會下雨，結果天天都是大太陽，這下我們慌了。

突然，有一根弦開始撥動，我們下意識感到種田是為革命，

而革命就不可能一帆風順。說到底，天旱就是與天鬥。

靠天既然靠不住，那就承認錯誤，立即改正。我們

火速召集社員學習「老三篇」[1] 及《丟掉幻想，準備鬥爭》。[2]

用毛主席的話跟自己思想一對照，大家當即心明眼亮，

決心發揮愚公移山的精神，與天鬥與地鬥，戰伏旱保豐收。

革命幹勁起來了，僥倖思想掃光了，男女老少齊出動：

戽水，車水，捶糊田坎防滲漏，找水源……貧下中農更是

一馬當先，日夜激戰，最終抗住了伏旱。但我們並不興奮，

因為毛主席好像說過，有點成績不能滿足，要長期防旱抗旱。

注釋

1. 指毛澤東著作中三篇文章：〈為人民服務〉、〈紀念白求恩〉、〈愚公移山〉。之所以被稱為「老三篇」，是因為人人（無論男女老少）日夜朗誦，皆能倒背入流；因此這「老」字不是蒼老之意，而是爛熟之意。

2. 《毛澤東選集》（第四卷）中的一篇文章。

對中山醫學院的批判

一、入學第一年

學院是資產階級少爺小姐的樂園，
這裡沒有一條政治標語和口號，
只有精心栽培的鮮花與盆景。
女生穿得花花綠綠，男生踏著響底皮鞋，
剛入學的工農子弟身穿受人譏笑的黑衣和布鞋。
學院資產階級權威不准在校搞體力勞動，
見到學生用糞水淋菜，就非常生氣，
哼著鼻子制止，說什麼學校已開展掃舞盲運動，
週末跳舞才是大學生應有的風度。
教育處更向學生吹噓說：你們一定要
學好高等數學，將來成為高級醫務人員，
唯有如此，才有向「宇宙醫學」進軍的本錢。

二、入學第二年

學校想方設法阻止學生過問政治，政治學習[1]
被安排在自修時間；毫無計劃，放任自流。

政治課成績評定，只看卷面理論，不重政治表現。
哪怕你滿腦子資產階級思想，背出理論就得五分。
學校故意出學生答不上來的「高深」考題，
因此大批學生不及格，慘遭留級或被開除。
權威們洋洋得意，自誇「把關嚴，質量高。」
學生氣得死，但過年時還是笑嘻嘻向他們拜年。

三、入學第三年

偷天換日，又是業務擠政治，學校向學生提出
「紅為指導，專為基礎，政治落實於業務」，
實際上變相擠掉了無產階級政治。資產階級學者
在課堂上慢悠悠地大放毒，第一堂哲學課
就勸學生要珍惜時間，勤鑽書堆，
同時得學好數理化，將來走遍世界都不怕。
另外，學校也阻攔學生與工農相結合，
學生去郊區勞動，自起小灶，每人每天補貼二毛
絕不和貧下中農統一吃住。其理由是：
醫學院的學生應當做「清潔衛生」的楷模。

四、入學第四年

工農子弟愛勞動，黨員勤於社會活動，
但學校樹立的校風是「刻苦鑽書堆」。
優秀生的唯一條件是學業成績，因此，

他們從未得到這一光榮。同年，在校慶會上
領導鼓吹專家學者治校，把三十年教齡
的教授捧上了天。暗中又在教學上與黨的
「少而精」方針唱對臺戲，搞繁而雜，
一天到晚寫病歷，內容百分之六十是廢話。
黨規定考試科目不得超過三科，他偏考五科。

五、入學第五年

更氣人的是在學生大會上，學校竟熱情宣傳：
學毛選三自由（自由參加、自行組合、自選文章）
甚至公開散布毛選可學可不學；另闢險途，
引導學生鑽「科學」牛角尖。而資產階級權威
日以繼夜大搞尖端，只管理首進行疑難病症討論。
如一次病案討論，就費時一星期，找文獻、抄論據，
最後得出的結果，僅是羅列一大堆「診斷不明確」。
學校從不鼓勵我們去農村當「赤腳醫生」，2.
而是要求我們畢業後力爭分配到設備優良的醫院，
起碼要到縣醫院。

六、最後一年

這一年主要是實習，這一年也是資產階級權威專家
言傳身教，把資產階級那套醫療思想與作風
灌輸給我們的關鍵一年。譬如要寧靜致遠地對待

病人的疾苦，要盡量漠不關心；譬如

為收集科研材料，有時得增加病人的痛苦；

譬如要懂得生命無常，難得糊塗的微妙之道理，

……總之，在這最後一年的最後時刻，

他們以最後的衝刺，將我們塑型為他們的接班人。

注釋

1. 這種學習，我最有體會：通常是幾十人圍坐一處，由一人或幾人輪番讀報紙，這些報紙包括《人民日報》、當地黨報，總之必須是核心黨報，有時針對相關問題選讀毛選（《毛澤東選集》一至四卷，亦稱雄文四卷，這一文本規定了我們當時的言說和書寫形式），有時也討論（可發言可沉默）。這類政治學習至少需費時二小時。而且無論男女老少都要參加這類學習，它已成為群眾新生活的標誌，有些人甚至是一天到晚會開不完，以至於通宵達旦，其中也鬧出一些笑話。下面這個例子最為生動，引來便是：

在上海，有數不清的街道會議。在一次街道會議上，一位文盲老太太發表自己對新憲法的看法。在上海方言裡，「憲法」和魔術師變的「戲法」二詞發音相同。整個討論在老太太聽來都是要「支持什麼魔術師變的新戲法」，一位主持會議的黨員要她談談自己的想法。「我活了73歲了，我記得我只看了一次戲法。現在人民政府要表演新戲法，我完全擁護，我一定要去看看」。會議主持人很惱火，結果會議一直開到半夜，直到這位老太太充滿感情地發出「憲法」這兩個音。（R・特里爾《毛澤東傳》第238頁）

對於這種政治學習和不停的開會，毛主席也說了一番幽默的話：

我們現在正在開會，這是集中。會後有些人可能去散步，有些人可能去讀書，還有些人可能去吃飯，這就是自由。如果我們不休會，不給大

家一些自由，而是一直開下去，那我們大家豈不都要餓死嗎？（轉引自
R・特里爾《毛澤東傳》，第285頁）

2.參見〈赤腳醫生小像〉注釋。

不愛紅裝愛武裝[1.]

是的，我們看到了大寨[2.]鐵姑娘開山隊
邢燕子開荒突擊隊
抗著紅旗上虎山的樊梨花遠征隊
但我們到底在她們身上看出了什麼呢？
其實我們看到的是我們自己，
或者更準確地說，看到的是：
一種更加高於我們的超人鏡像。

在整個六十年代已經沒有被看的人了，
我們覺得孤單，也覺得自卑，
甚至完全迷失了自己（由於他者匱乏）；
我們是誰？她們又是誰？
那原本僅屬於我們的武裝
現在也武裝到她們的全身；
看！女中學生高射炮隊已整裝完畢：

她們是山東益都二中的學生，
在夏季軍事訓練營的炮場上
她們正利索地操縱著高射炮
上炮、壓彈、瞄準、發射——

天空中飄升的彩色氣球應聲墜落，

看上去真有些「不勝涼風的嬌羞」，

而我們的女炮手當然不會「輕輕地，我揮一揮手」。

注釋

1. 如今女性主義大行其道，女性之美已無人敢說，誰說誰就會被圍剿批
判，因為你只要開口，便逃脫不了「看與被看」的怪圈。但毛主席卻
不管這些，他提倡婦女能頂半邊天，提倡男女平等，當然也提倡婦女
應具有「不愛紅裝愛武裝」的美感。1961年2月，毛主席寫下這首詩：
「颯爽英姿五尺槍，曙光初早演兵場。中華兒女多奇志，不愛紅裝愛武
裝。」（〈七絕・為女民兵題照〉）毛主席所題之詩，確有一個真實的
對象，她是當年在他身邊工作的一位李姓機要員。一天早晨，她去毛主
席的菊香書屋送文件，即將離開時，毛主席問她有沒有參加民兵組織，
她回答說參加了，還從隨身帶著的筆記本裡拿出一張自己在民兵訓練時
扶槍而立的照片給毛主席看，毛主席看了很高興，沉思了一會兒，就隨
手拿起一本自己讀過的介紹地質常識的小冊子，翻到有半頁空白之
處，用鉛筆龍飛鳳舞地寫下了這首詩，送給了女機要員，並親切地對她
說：「你們年輕人就是要有志氣，不要學林黛玉，要學花木蘭、穆桂英
噢！」

　　1966年8月18日，北京師範大學附屬女子中學的紅衛兵宋彬彬登上
天安門城樓，代表全體首都紅衛兵把紅衛兵袖章戴在毛主席的左臂上。
毛主席問他叫什麼名字，她說叫宋彬彬。毛主席又問：「是不是文質彬
彬的彬？」她說：「是。」毛主席又親切地說：「要武嘛。」宋彬彬隨
即便當場改名為宋要武，並且也開始過上了一種「要武」的生活。

　　兩天後，即1966年8月20日，宋要武在《光明日報》上發表了一篇
文章〈我給毛主席戴上了紅袖章〉。在文章中她表了一個決心：「我一
定不辜負毛主席的期望，要武，要闖，誓把無產階級文化大革命進行到
底。」同時還對「要武嘛」予以生發：「解放前，我們的革命老前輩就
是跟著毛主席，緊握槍桿子，闖江山，打天下，用革命的暴力打出了一

個新中國。這就是槍桿子裡出政權。『要武嘛』，這個真理過去存在，現在存在，將來也存在。這個真理對中國適用，對世界上一切被壓迫民族、被壓迫人民也都適用。……我們要做舊世界的叛逆者。我們要造反，我們要革命。我們要衝破一切束縛，朝著解放的路上迅跑，把一切舊思想、舊文化、舊風俗、舊習慣，砸個稀巴爛。」

2. 大寨，是山西省昔陽縣大寨公社的一個大隊，原本是一個貧窮的小山村。農業合作化後，社員們開山鑿坡，修造梯田，使糧食畝產增長了7倍。1964年2月10日，《人民日報》刊登了新華社記者的通訊報導〈大寨之路〉，介紹了他們的先進事蹟。並發表社論〈用革命精神建設山區的好榜樣〉，號召全國人民，尤其是農業戰線學習大寨人的革命精神。此後，全國農村興起了「農業學大寨」運動，大寨成為我國農業戰線的光輝榜樣。「農業學大寨」的口號一直流傳到70年代末，其中也被極「左」思潮利用過。

　　遙想當年，在毛澤東思想的指引下，以陳永貴、郭鳳蓮（大寨鐵姑娘頭領）等為帶頭人的大寨人決心改變落後的面貌，敢於戰天鬥地，艱苦奮鬥，在七溝八梁一面坡上建設了層層梯田，並通過艱巨勞動引水澆地，改變了靠天吃飯的狀況。1964年毛主席發出了「農業學大寨」的號召，從此，大寨成為全國農業的一面旗幟。全國掀起了「農業學大寨」的高潮，大寨精神得到發揚，大寨經驗得到推廣。

論文寫作在中國

如今我以為：
全體大學老師寫論文，還行；
全體中學老師寫論文，好笑；
全體小學老師寫論文，古怪；
全體幼稚園老師寫論文，滑稽。
在此不繼續討論以上情形，
而是回到1960年夏天
北京鐵路工人書寫論文的盛況。

舉辦者：中共北京鐵路局委員會。

參加者：整個局近十三萬職工。

特別者：火車司機、司爐、鍋爐工、
養路工、裝卸工、勤雜工等。

戰果：論文報告會連綿舉行五天，
六百多名職工光榮登臺宣讀了論文。
另據統計，理論小組有八千多個，
其中八萬職工半年內每人寫出兩篇論文，

優秀論文共十三萬五千多篇。

主旨：以毛澤東思想為武器，
分析生產中的問題，
摸索生產運動的規律，
總結技術革新和技術革命的經驗，
把生產實踐上升為理論，
又使理論轉過來指導生產實踐。

榜樣：石家莊車輛段檢車員、老工人史恆昌。
他宣讀的論文是
〈掌握客觀規律，發揮主觀能動性，確保安全運輸〉
該論文運用辯證唯物主義觀點
總結了他安全檢車十三年的經驗。
他說檢車工好比是醫生，
要對症下藥，才能手到病除。
他指出具體事物要具體分析，
如不同的車輛、不同的區間
以及不同的氣候對車軸的影響。
另外，時時刻刻還須牢記：
充分發揮人的主觀能動性。

得出結論：從此可見，我們有全民寫作論文的傳統
（至少有小傳統），對此感興趣者可繼續往返追蹤
以求得我們民族的論文衝動起源於何時？

壞人被殺

一

1931年反革命分子李天合（原名蕭興漢）

隨蔣介石軍隊，向紅軍根據地進攻，

並一貫掠奪民財、姦淫婦女；

1935年又隨蔣軍在懷玉山圍剿紅軍

並抓捕了紅十軍團政治委員會主席方志敏

（我幼時讀方志敏寫的《可愛的中國》印象極深），

最終導致方在南昌被殺害。

1949年後，李天合改名換姓、偽造歷史，

潛入甘肅省玉門市新民堡，

繼續造謠、盜竊、破壞、作惡，姦淫婦女。

1960年，李天合終於被捕，受到應有處決。

二

1961年2月2日下午，山西平陸風南公路民工隊

六十一個民工集體砒霜中毒（後經搶救得癒），

2月3日公安局就查獲施毒者為張德才與回申娃。

張屬老反革命，參加過閻錫山的「愛鄉團」
「反共復仇隊」等抓人、打人、殺人，
強姦婦女，無惡不作；回是地主，「土改」後，
一直有恨，揚言「要報仇」。4月2日平陸縣
一萬多人參加了對張、回二犯的公審大會，
在會上，二犯被判處死刑並立即執行。

在荒年，我看見……

在荒年，我看見駐馬店等地創製出食油增量法，
一斤油可炸出五十一斤油條（烹飪方法略去）；
在荒年，我看見密縣米村公社月臺大隊，
用一斤鮮紅薯做出了五斤二兩紅薯糕；
在荒年，我看見天津製成了自動化窩頭機，
此機僅需一人操持，便能每小時做出六千個窩頭；
在荒年，我看見鄧縣白牛公社五百四十四個食堂
為節省用糧，巧吃紅薯（方法再略去）；
在荒年，我看見郭俊山以身作則勤儉辦食堂，
實行糧菜混吃，乾菜青菜混吃，粗菜細菜混吃；
在荒年，我看見睢縣全縣都在學習食堂紅管家顧貴山，
只有他能做到十二個月的糧食按十三個月吃；
在荒年，我看見大人蹲在露天食堂門前吃飯
（請注意「蹲」，不是坐或站，這姿勢非常中國），
小孩乖乖地圍坐在桌邊，米飯和白菜脹圓了他們的臉；
在荒年，我看見英國記者斯圖爾特・蓋耳德與其妻及一位
朋友在北京最大的飯店（相當於倫敦的薩伏伊飯店）
吃飯，油炒飯、帶有素菜的牛排、鴨肫肝、五香豆腐、
啤酒、茶，每道菜不到三先令。類推：中國工人用餐
只消幾個便士。在荒年，我看見正陽縣原報去冬今春

死人一萬八千多，現初步揭發已達八萬多；新蔡縣
原報去冬今春死人三萬多，現在增加到十萬多；
還有些隊人口死亡達百分之三十[1.]；在荒年，
我看見羅山縣五年級貧農女學生項仙枝，把寫給
毛主席的控訴信縫在衣襟裡長達一年多，這次
拿出來交給工作組，要求替她死去的父親和妹妹
申冤[2.]；在荒年，我看見各大城市普遍召開
「神仙會」[3.]，其目的是加強自我改造，增進
為社會主義服務的積極性；在荒年，我看見安徽
商業部門組織了二萬二千多個貨郎擔下鄉挨村串戶
流動服務，賣給農民計有：涼帽、扇子、夏令藥品，
鐮刀、鋤頭、扁擔、糞瓢、糞桶等；同時又收購了他們的
菜籽、大麻、鮮蛋、茶葉、土特產以及各種廢舊品。

在荒年，我看見……看見的還有許多許多……

注釋

1. 此處人口死亡數字及百分比皆出自《農業集體化重要文件彙編》一書，
   該書由中共中央黨校出版社1981年出版。另，詩中的「去冬今春」指
   1959年冬至1960年春。
2. 同1.
3. 「神仙會」是指運用民主的方法解決矛盾和進行政治思想工作的一種形
   式。最初是毛澤東在延安整風的一次會議上倡導的。它是進行和風細
   雨、深入細緻的政治思想工作的一種好形式。「神仙會」的主要特點是
   「三自」和「三不」，就是自己提出問題，自己分析問題，自己解決問
   題；不打棍子，不戴帽子，不抓辮子。1959年底至1960年，中國各民主
   黨派和工商聯在召開中央會議及全國代表大會時，曾運用了「神仙會」

的方式，採取民主的、和風細雨的方法，引導大家自由交談、討論，使
與會者提高認識，統一思想。同時，對中國共產黨和國家的方針政策和
各項工作提出批評、建議，獻計獻策，促進國家各項事業順利發展。會
議開得生動活潑，大家心情舒暢。這些會議結束時，毛澤東、劉少奇、
周恩來、朱德、鄧小平等黨和國家領導人接見了與會全體人員。毛澤東
在同各民主黨派見面的談話中，高度讚揚了「神仙會」的方式。1960年
至中共八屆十中全會以前，人民政協的各項活動也普遍貫徹「神仙會」
精神。由於「神仙會」精神的廣泛傳達，緩和了當時共產黨同工商界、
知識界及民主黨派的緊張關係，增強了統一戰線內部的團結。（《中國
人民政協全書》（上卷），中國文史出版社1999年版）

于振善

河北清苑人于振善從小做工，當木匠，沒錢受教育。
1949年，近40歲的他煥然一新，創造出「于振善
尺算法」。黨立即派他去南開大學學習（因為工人
階級是天之驕子），經過六年苦讀，他得到了
該校數學系專科畢業證書。之後，去南京數學
儀器廠做技工；1959年，又創造出「數塊計算法」。
之後，一躍成為河北大學數學系教師，于振善
「劃線計算法」從此誕生，為求完美，他還製作了
「連乘連除立體劃線法模型」。以上方法，總括
一句：如同華羅庚的「優選法」，其目的是以科學
知識解決工農業生產問題。最後補充一點：他的
研究工具很簡單，僅是一些鐵絲、木頭、線繩、
鋸子、鉋子等，及各種各樣用於計算的數塊

六十年代上海三異人

許漢任賣糖果號稱「一抓準」
不論你買一斤，還是三兩、五兩
他只需抓起四把、一把或二把
就能毫釐不差，份量精準。

曹夏生賣糧食號稱「一口清」
一次，有一顧客對他說：「我要買
三十斤秈米、二十七斤麵粉、三斤切麵。」
話音剛落，他就隨口答道「八元八角八分」

顧正祥號稱「拋皮」[1.]高手
他「拋皮」幾乎百斷百準。
見過他這一特技的人無不讚歎
他的耳朵像聽診器，眼力勝X光。

注釋

1. 驗收瓷碗有一項特技，內行人叫「拋皮」，就是把一捆密封紮好的碗，
用手向空中一拋，以耳傾聽碗捆中的聲音，只要聽見「啪啦啦」的響
聲，哪怕非常微弱，就說明其中有破碗；然後又用眼緊盯發音部位，便
能迅速判斷出破碗位置並從碗捆中抽出來。

1963：印度戰俘的優美生活

俘虜收容所坐落在溫和的藏南
周圍是叢叢的綠林與幽靜的村莊
一條小河清澈地流淌。
這裡沒有鐵絲網、碉堡、苦役和虐待，
這裡的印度戰俘都說：「我們像是在
兄弟家中做客，享受著友誼和快樂。」

戰俘的住所寬敞明亮，床上墊著深灰色的毛毯
棉被疊得齊整，宛如一個個漂亮的冰箱，[1.]
看，長繩上掛著雪白的毛巾，多麼安靜
瓷盆裡還擺著小小的牙刷、牙膏和香皂
每天起床以後，戰俘們就開始了自由的生活：

有些去戶外做早操，
有些坐在陽光下翻閱印地文或英文書報，
有些依靠在樹蔭下垂釣，
還有些喜歡運動的青年
就在體育場上跳高、跳遠、打球或奔跑。
到了傍晚，手風琴與短笛聲響起，
愛好文藝的戰俘又圍坐一塊，

或跳舞或唱起了家鄉的民歌；
也有些人三五成群地漫步、談天
在漸濃的暮色裡……
在山坡上、田野中、小河旁。

一天，一個被俘印軍士兵生病了，
不僅中國醫生為他精心治療，
就連收容所的工作人員胡學朋
也親自餵他湯藥、茶水和飯菜。
這個士兵痊癒後，流著淚對胡學朋說：
在我一生中，父母對我最好；
但是你對我的好卻已勝過了我的父母。

注釋

1. 為何說棉被疊得像冰箱，是指棉被看上去已不像棉被，而真的就像一個
   個鐵硬的電冰箱或一個個堅硬的方盒子。這種觀感，中國民眾都不會陌
   生，在此僅舉一例：中國民眾在電視中常常看到中央領導參觀軍營中解
   放軍戰士的宿舍，而給民眾留下最為深刻印象的就是那些床位上一個
   個宛如電冰箱的被子。後來，我還聽我的一位朋友說過，監獄中的犯人
   們，由於要日日打發多得不能再多的時間，就每天在棉被的折疊中集中
   精力、一絲不苟地整理出一個又一個漂亮的「冰箱」。

短訊若干

一

1962年夏日的一個早晨
從金門島上偷渡過來一個「水鬼」
他剛剛爬上海灘
就被四面八方趕來的民兵
團團包圍在爛泥灘上。

二

上海市公安局黃浦分局失物招領處應有盡有：
皮夾、衣服、手帕、鋼筆、證件、
現鈔、手錶、鑽石、金鐲、銀鐲，
甚至還有各種畜牲。譬如，有一次，
一個失者去領取失物，聽到櫃檯下有雞叫聲
就問員警，怎麼回事？
員警邊去拿飼料餵雞邊說：
這些雞是居民們交來的，
我們正在想一切辦法找到牠們的失主。

三

各地青年爭學雷鋒，其表現若繁花盛開：
洛陽第一拖拉機廠油漆工部青年，
展開了撿廢料翻修零件的活動，
幾天內，為國家節約資金八千多元；
河北慶雲縣嚴齊公社馮橋大隊四十名青年
為獲豐收，向集體投資家肥四百多車；
在撫順火車站，一個小學生扶一位婆婆
上下天橋，被問及姓名時，只答道：
「我是紅領巾！」
西北國棉二廠女工高志娥決心用雷鋒的學習公式：
「問題─學習─實踐─總結」
聯繫實際，學習毛選，並把毛澤東思想學到手。

四

有一位讀者在新華書店前門門市部排了很長的隊
終於買到了《毛主席詩詞》；營業員剛要動手包紮，
他說，「不用包了，我馬上就要讀。」
就這樣，他邊讀邊走，出了書店。

五

電影或評劇《奪印》^{1.}是六十年代的焦點

一些地方出現了全家全隊看《奪印》的盛況

它開始成為幹部、民眾、社員熱議的話題。

所有人看完電影或劇之後，當場就開座談會

表示要提高階級覺悟，

絕不能讓階級敵人奪走了「帥印」。

注釋

1.故事發生在1960年春天，蘇北裡下河地區某人民公社小陳莊生產大隊。
這個隊的領導權——印把子已經被反革命分子陳景宜所篡奪，大隊長陳
廣清做了敵人的一把擋風遮日的「大紅傘」。別的大隊熱火朝天搞生
產，小陳莊卻冷冷清清。公社黨委調紅旗大隊的黨支部書記何文進到小
陳莊生產大隊當黨支書，何的到來使陳景宜十分震驚。於是想出一個陰
謀，以關心群眾生活為名，要把倉庫裡的稻種分光，好給何支書的工作
造成困難，他要是同意分稻種，就成了陳家門樓一條板凳上的人，要是
不同意，就「難」字當頭擺，讓他在小陳莊站不住腳，小陳莊的印把子
還得由他們陳家門樓掌握。這就是陳景宜的如意算盤。陳景宜叫大隊長
陳廣清把何支書先迎到了陳家門樓，施展他那一套慣用的拉攏幹部的手
段，擺下酒宴給何支書接風。何支書不但不同意分稻種，而且煙沒抽一
根，酒沒喝一口，一見下兩就帶頭挖缺放水去了。陳景宜見何支書沒有
「上鉤」，惟恐自己偷竊稻種的事被何支書揭發出來，於是就叫陳廣西
（大隊會計，實際是陳景宜的狗腿子）去到陳友才（曾上過陳景宜當的
貧農社員）家裡送糧食，以此威脅利誘陳友才，叫他不要向何支書說出
過去偷運稻種的事。何支書在隊委會上知道陳友才家裡有困難，就帶著
救濟糧到陳友才家，陳景宜突然闖來，企圖把何支書支走。誰知友才妻

竟說出陳景宜剛才叫廣西送糧的事，何支書對陳景宜這鬼祟行動早看在眼裡記在心中，不禁更加猜疑。陳景宜又故意拿「下秧稻種不夠」的事來試探何支書，兩下展開一場針鋒相對的鬥爭。何支書不同意分稻種，於是敵人的「難」字擺出來了，故意煽動落後群眾來到大隊部鬧著要分糧，經何支書的解釋說服，一場風波平息了。何支書發現群眾並不是真缺糧，而是對倉庫保管有意見，決定要胡素芳（年輕的共產黨員）幫助蘭菜花（陳景宜的老婆、倉庫保管員）清查一下帳目。不料這事被敵人知道，趁何支書去公社彙報工作的時機，設下圈套栽贓陷害胡素芳，好渾水摸魚。胡素芳因年輕缺乏鬥爭經驗，誤入倉庫，掉進敵人的陷阱，又遇上大隊長陳廣清濁清不分，認敵為友，偏聽偏信，胡素芳有理難辯。何支書親自送糧給陳友才，並且苦口婆心，循循善誘，喚醒陳友才的階級覺悟。友才深受感動，剛要傾吐實情之際，陳廣清叫何支書去開會，到嘴巴邊的話又被打斷。當夜，陳友才決定去找何支書，不料半路又被陳廣西截住，叫他把藏在黑魚嘴那船稻種沉掉。陳友才深夜來到黑魚嘴，他不但沒有沉掉稻種，反而把稻種船往村中撐來。陳景宜和陳廣西尾隨在後，威逼陳友才沉船，陳友才不肯，敵人狗急跳牆，頓起殺機。在這緊要關頭何支書帶領民兵紛紛趕到，救了陳友才，陳景宜和陳廣西也落入人民的法網。

記得我讀小學時，學校也組織我們小學生觀看過這個電影；可我什麼也沒記住，卻永遠記住了其中一句臺詞，「何支書，吃飯了。」為何只記得它？至今想來也是一個謎。這謎猶如「賈君鵬，你媽媽喊你回家吃飯」一樣──從2009年7月16日開始，百度「魔獸世界貼吧」中一個〈賈君鵬你媽媽喊你回家吃飯〉的空帖迅速紅遍全中國──至今也讓我百思不得其解。或許這裡正有著中國文化中吃的熱鬧以及寂寞的現代性之間的緊張吧。或許誰知道呢？

大慶精神[1] 的一個生活細節

　　一場1964年的暴風雪過後，氣溫突然下降了十多度；
年輕的單身工人張海青，被子又髒又薄。支部書記
李安政檢查鋪蓋被時，發現了這個情況；他趁工人們
上班後，悄悄地把張海青的被子抱回家，讓自己的
愛人拆洗乾淨，又把家裡的一床棉被拆開，扯出
一半棉花，塞入張海青的被子。張海青發現自己的
被子變得又厚又潔淨，可就是找不出是誰幹的。
一個剛從另一座大城市調來大慶工作的王文傑
看到了這一切，他也沒有吭聲，只暗暗地掉下了眼淚。

注釋

1. 指開始於1964年初的工業學大慶運動，即號召當時的工人階級發揚「大
   慶精神」，為了工業的發展而苦幹，不為名，不為利，不依靠外國，自
   力更生，在冰天雪地裡瘋狂勞動。
   　　1963年底，中國開發了大慶油田，不僅結束了中國人靠「洋油」過
   日子的時代，更培養出一支有組織紀律、能吃苦耐勞、能打硬仗的石油
   工業隊伍。1964年2月13日，毛澤東在人民大會堂的春節座談會上發出
   號召：「要鼓起勁來，所以，要學解放軍、學大慶。要學習解放軍、學
   習石油部大慶油田的經驗，學習城市、鄉村、工廠、學校、機關的好典
   型。」此後，「工業學大慶」的口號在全國傳播。

無可否認，「工業學大慶」運動確實為中國的工業帶來了良好的經濟效益，還產生了一些大慶式的企業。例如，當時的上海市學大慶見行動，全市三分之一的企業和車間幹部一半時間搞管理，抽出一半時間參加生產勞動。

　　但也有不少人在運動中僅停留在口號和空喊上，颱風走過場，流於形式；有些地方甚至生搬硬套大慶的做法，造成「消化不良」。

　　更荒唐的是，有些企業將「鐵人」王進喜「有條件要上，沒有條件創造條件也要上」的話隨意亂用，蠻幹硬幹，結果造成經濟上的損失；有的企業也想像大慶那樣，除生產外也搞農林牧副漁，根本未考慮自己的具體情況等等。

　　文革開始後，林彪、江青等稱大慶是「唯生產力論」的典型，並將大慶的經驗稱為「修正主義」的東西、宣稱「火燒一切制度、徹底解放工人」，甚至揚言「不搞科研照樣出油」，大慶油田管理陷入混亂。

　　文革結束後，時任國務院總理的華國鋒主持召開「全國工業學大慶會議」，重新肯定了大慶的成績和經驗，但同時，會議也強調學大慶運動中，中國人表現出來的浮誇和冒進傾向。

「毒」粽子的啟示

1964年端午節前一天傍晚，
山西文水縣孝義公社馬村大隊第十一生產隊
地主王淑珍一溜煙跑進隊長孟耀吉的家，
從圍裙裡拿出幾個粽子遞給孟妻，說：
「我知道你家沒做粽子，特意給孩子們送來幾個。」
接著還提出給孟家看小孩，
並執意要把磨麵的工具借給孟家使用。
第二日上午，在地裡鋤玉米的一夥貧下中農
就紛紛議論起這事。有人說；「王淑珍有鬼，
我們可不能眼看地主把隊長拉下水呀！」
很快，十一生產隊召開了社員大會。在會上，
社員們揭露地主的陰謀，也幫助隊長提高認識。
貧農張松富說：「為何地主偏給你家送粽子
而且是在你當了隊長以後送？」貧農張秀峰說：
「我們一眼就看透了地主，可你看不見，
原因是我們心中有階級，你當隊長的還沒有。」
貧農劉占奎說：「地主現在出新招給我們軟鬥
當幹部的可要時刻警惕呀！」孟隊長恍然大悟：
「要不是階級兄弟拉我一把，我可完了。
今後一定劃清階級界線！」從此，孟隊長
遇事（無論大小）都和貧下中農商量，再未出錯。

掏糞工人劉同珍

一、啟：完成了身份認同

劉同珍今年24歲，是濟南市肥料公司匡山肥料廠的
掏糞工。[1]六年前，他從家鄉高小畢業，來濟南
找工作。他本想當一名煉鋼工人或醫生，但卻被分配
去掏大糞，心裡很難受。而更讓他難受的是回鄉
探親時，人們見他就喊：「在濟南府掏大糞的人
回來了！」但母親的話給了他力量：「當年你父親和
你哥哥都在家靠拾糞糊口。如今你一定要聽黨的話，
叫幹啥就幹啥，可別忘了過去。大糞有味，靠味
值錢，莊稼還離不開它呢。」同樣，肥料公司經理的
話也影響了他：「小劉呀，咱們這一行是髒，但只有
那些有臭氣髒氣的資產階級思想的人才瞧不起我們。」
接著，劉少奇接見北京市掏糞工人時傳祥的教導
又鼓舞了他：「你掏大糞是人民的勤務員，我當
主席也是人民的勤務員，只是分工不同。」

二、承：苦練硬功夫

一天清晨，大雪剛過，劉同珍就與其他工人挨門逐戶掏大糞去了。他們把一桶桶糞便挑到裝大糞的汽車旁，50多歲的老工人劉清和再一桶桶倒進糞車裏。老劉畢竟年齡大了，加上雪融泥滑，一下摔倒。劉同珍見狀，當場就跳上汽車踏板，接替老劉的工作。哪知他一伸手，六七十斤的糞桶怎麼也提不上去。晚間，他躺在床上翻來覆去，痛下決心。第二天，就找來一個四十七斤重的石鎖，每日清晨上班前猛練二十分鐘；先提石鎖練臂力，後練雙手提舉，又練單手提舉，一練就是三年。1964年初春伊始，他就能每天站在踏板上輕快地負起手提的重任，那可是一日復一日的1140多桶、共重40多噸的糞便裝車任務呀！

三、轉：統率全局

不久，劉同珍又出任調度工作；他那組的掏糞地段十分龐大：共有24條街、63個巷、18處公廁、8800多戶居民廁所。[2]如何把全組15副糞挑合理地調度到每戶去，並記住每個廁所的位置，而且還要對每個廁所的糞便數量做到心中有數，切不可遺漏、窩工，這絕非易事。面對如此繁複的門牌和太多的廁所，一開始就亂了套：

15副糞挑工作起來，不是漏戶就是兩個人碰了頭。

劉同珍開動腦筋，去市場買來一個小本，

下班後，或節假日，就逐家走訪、登記人頭

（為瞭解糞便準確數量）[3.]、廁所位置、

有無上夜班的，及何時掏糞最恰當，以上情報都

一一記入小本。有人以為是民警查戶口，也有人

以為在偵破案件。晚上，劉同珍就背誦那寫在

本子裡的情報。但又有麻煩：城市的門牌不是

按每家順序編排的，如上一個號數在街上，

下一個則在巷裡。這時，劉同珍就根據大門的

特點畫一些自己才懂的代號，來加深記憶：洋灰門、

大紅門、小窄門、高臺階、鐵柵欄等。經過一段

時間的死記硬背，他終於把全段的戶數、糞量及

掏糞時間都掌握得穩穩當當。但又有特殊情況：

按常規，掏糞從早晨四點半開始，可有些劇團的

演員由於夜裡演出，睡得很晚，早晨正是他們

睡得最香的時刻，若此時去掏糞，就會影響他們。

劉同珍就躲開這段時間，把周圍廁所挖完，

再返回去。飯館的廁所也這樣處理。

四、合：詩有別才[4.]

在掏糞功夫之外，他還是一個修理工。一次，

他去濟南市委幼兒園掏糞，發現廁所年久失修，

下水道被堵塞，糞水流不走。他就與同伴們

開始修理：污水和糞泥夾雜著碎磚亂瓦，
用糞勺挖不出來。劉同珍就爬倒在廁所邊上，
伸手插入又髒又臭的糞泥中，把碎磚亂瓦
一塊塊全部掏出來，隨後，又把糞池和下水道
用磚砌好。當他用同樣的方法為濟南三里莊小學
挖大便池的時候，小學生們齊聲高喊：
「快看呀，這裡有一位雷鋒叔叔！」

注釋

1. 1964年11月10日，新華社記者丁乙在《光明日報》刊載了一篇長文〈掏糞工人劉同珍〉。此文讀後，逗引出我萬千思想，禁不住賦詩一首，也來歌唱一番濟南市的明星掏糞工人劉同珍。哪知64年後，又是濟南傳來佳話，且看目前各大媒體宣揚的這件事情：

   2010年3月2日，濟南5名經過層層考試被錄取的大學生掏糞工在濟南市城肥清運管理二處拜師、上崗。

   這5名大學生是09年10月在近400名報考者中被錄取的，經過近半年的培訓和環境適應，單位為他們正式舉行了拜師暨聘用合同簽訂儀式。他們從此將成為一名名副其實的掏糞工人。他們當中有學電腦的，有學會計的，還有學建築的和政法學院畢業的，4個大學本科畢業，1人專科畢業。5人中有兩名中共黨員（按：其中還有二名女性），最小的23歲。所學專業涉及電腦、法學等。（來源：中國山東教育網）

   看來劉同珍的職業及其精神在濟南尤具吸引力，如今又見這般高素質的掏糞工人出生於濟南，真是可喜可賀矣！在此特別預祝他們續寫劉同珍的傳奇，不負濟南這座劉鶚（《老殘遊記》作者）所歡喜的名城之美麗。

但是在晚清，糞便不僅給濟南，也給所有的中國城市帶來了兩方面的問題：

一是造成環境污染，二是帶來了處理糞便所需的財政開支。這兩個問題都是致命的，以致要設計出一種複雜而完美的機器來對糞便進行收集。在城市裡，要相當數量的貧苦人是靠撿拾糞便維生的。官方沒有採取任何措施來解決城市的衛生問題。他們將這件重要的事務交由民間去做，處理汙物這個行業能夠帶來可觀的收益，這對那些有能力勝任此項工作的私人企業具有相當的吸引力。事實上，擁有足夠資本的人都會向這個行業投資，因為它確確實實是一個能賺錢的行當。他們在大街、小巷、街角及客流量大的主要幹道上都修建了廁所。（〔英〕麥高溫：《中國人生活的明與暗》，時事出版社，1998年，301頁）

一百多年已經過去了，溫故而知新：目前，這兩個問題徹底解決了嗎？看來我們還得繼續努力，不僅僅是濟南。

2. 廁所是一個很有意思的話題，值得連篇談論，但此注釋不想做考據式的爬梳，僅就閱讀和本人經歷所及，作一番適當的夾敘夾議，其目的是想提醒讀者注意這個話題以及這個話題背後深藏著的興味，這興味可以是歷史的，也可以是文學的，當然還可以是現實的。由於本注釋只限於談論日本和中國有關的廁所意象，因此廁所的興味或傳奇也僅限於日本和中國，而後者是議論的重點。

「廁所」這一意象能給人風雅的形象嗎？日本作家谷崎潤一郎在〈關於廁所〉一文中便為我們提供了這一形象。據他所述，有一次他在一家餛飩鋪吃飯，突然便急，就徑直去了餛飩鋪深處二樓的一間廁所，當他跨開兩腿往下看時，看見的卻是幾十尺高空之下的泥土、野草，盛開的油菜花以及翻飛的蝴蝶。作家在這樣的環境中排洩甚是快活，因此他說：「粉蝶飛舞於下墜的糞便之間，下面又是菜花盛開的菜地，我想再也沒有比這個更風趣的廁所了。」（谷崎潤一郎：《陰翳禮讚》，三聯書店，1992年版，第126頁）另一次，谷崎在一個夏天去了紀州下裡的懸泉堂，遇到了更令他感懷的一間廁所。這廁所位於這家古宅的幽僻處，周遭綠蔭環抱，古意盎然，「廁所的臭氣會立即發散到四面八方清新的空氣中去，因此上廁所的心情就像在亭榭裡休息一樣，毫無不潔之感。」（同上，第126頁）接下來，他再發思古之幽情，談到了名古屋那些上流人家廁所裡的幽雅氣味，並說只要聞一下這些廁所的氣味，便

可知道這家人的人品，可以想像一番他們過的生活。而且廁所的氣味會帶來一種令人留戀的美好思念。「例如少小離家老大回的人，一進家門首先到廁所去，聞一下過去熟悉的氣味，便會喚起兒時的回憶，百感交集，真正產生『我回來了』的親切之情。」（同上，第127頁）他甚至還說到應在小便池裡置放牽牛花和杉樹葉，並認為這是最典雅的入廁。最後，他還要修建他喜歡的廁所。這樣的廁所採用古典日本式，不用抽水馬桶。其設計如下：「使糞池儘量遠離廁所，設在後院的花圃或菜地裡。總之，使廁所的地下到糞池之間多少有點坡度，用管道相連以便把污穢之物送到糞池去。這樣在地板下面便不會有吸收光線的糞池口，而是一片昏暗。雖然會有微微的幽雅的使人冥想的氣味，但絕不會有令人不愉快的惡臭。」（同上，第130頁）

　　以上是谷崎有關廁所的議論，其中傳遞出來的廁所意象或飲食起居之面貌可謂風雅之極。從此可推出日本文學中風雅清涼的一面，看來這與廁所這一意象是大有關係的。但廁所風雅到奢侈，還要數中國古代的廁所。如元代畫家倪雲林的廁所便風雅得令人眩目，其奢侈程度或許可稱世界第一。他每次入廁都要用大量的飛蛾翅置於壺中，放在廁所的地板上，然後排洩糞便於其中。總之，他以飛蛾翅代替細沙作為糞便的墊料，由於飛蛾翅是輕飄的物質，所以排洩下來的糞便立刻埋於其中，不露痕跡。這真是令人絕倒，飛蛾翅的墊料給人以美的無邊幻想。「糞便從上面巴嗒巴嗒地掉下，接著無數的彩翅像煙霧般騰升飛舞，它們都是匯集在一起的乾燥的、閃爍著金黃色暗光的、非常薄的雲母狀斷片。」（同上，第128頁）當糞便掉下時，在你還未看清的當口，那些固體物質已被這些幻美的斷片吞沒了。但是，如此美麗的入廁是要付出代價的。想想看，搜集這麼多的飛蛾翅需要多少人工，而且每次入廁都要換上新的墊料。這一來，雲林先生必出動大量人手，在夏季捕捉成千上萬隻飛蛾，以備一年之用。這般香豔優雅的入廁，唯有在精緻唯美的中國古代才能做到。那可是一個一去不復返的令人懷念的古典時代，當然也是中國廁所最為風雅的時代。而如今「一切都變了，一種可怕的美已經誕生。」（葉芝）

　　一個古典時代結束了，廁所的古典意象也隨之而去。那麼，我們在現實生活中所遭遇的廁所又是何種模樣呢？

我曾在《另類說唐詩》一書中這樣說過：「1992年我曾住在重慶一所大學最為簡陋的住房裡，樓下是幼稚園，日日喧騰，門前是臭水溝以及溝中的殘渣剩飯，並已鏽出暗綠，頗像聞一多寫的《死水》。蚊蟲、蒼蠅、老鼠日夜奔忙。而最令人膽寒的卻是那公共廁所，日夜惡臭熏天，入廁令人淚水長流，不能睜眼，糞便常年堆成小山，幾乎要貼上屁股，但憑窗望出卻是山川田野，真是美醜對照，相映成趣。」（柏樺：《另類說唐詩》，經濟日報出版社，2002年版，第195頁）這樣的廁所現實，只能讓我們寫出「惡之花」式的文學，當然也可以寫出滑稽可笑的文學，且看下面二段日本作家中野孤山在其著作《橫跨中國大陸——遊蜀雜俎》裡所寫的有關中國二十世紀初年廁所的文字，前一段寫他剛入上海時的遭遇，後一段寫他在蜀地住客棧時的尷尬：

　　　　廁所的構造也與我國迥然不同。在一個屋子裡並排砌著好幾個類似我國灶坑一樣的東西，每個裡面放一個土陶罐（土陶罐可以取出來），各坑之間沒有擋板相隔，可以一眼望穿。解手時要蹲在坑上，有時好幾個人並排蹲著。我們曾經遇到過一件滑稽可笑的事情，此事發生在我等一行人第一次投宿的中式旅館（按：須知這旅館可在大上海呢）。投宿的第二天早上，大家起床後，紛紛訴說頭天晚上的遭遇。有的為飽受臭蟲的襲擊而發怒，有的為床鋪的簡陋而抱怨，有的為臥具的凌亂而訴苦⋯⋯有一個年輕紳士，起床後直奔廁所而去，可是當時已經有一個華人先蹲在茅坑上，瞪著雙眼，鼓著腮幫子，用盡了全身力氣在解手。見此情景，他只好退了出來。過了一陣，見有人從廁所出來，他又進去，沒想到這次裡面並排蹲著兩個人，他又退了出來。又過了一陣，他心想這下應該都出來了吧？他一邊嘟噥一邊進去一看，結果這次並排蹲著四個人，還優哉遊哉地抽著煙，滿臉的不在乎。見此情景，他夾著屁股，鐵青著臉，不知如何是好。我們都很同情他，沒敢捧腹大笑。

　　其中大部分廁所都與豬圈並排著。在一個大坑上架著板橋，板橋只有一塊，看上去很懸乎。解手時蹲在板橋上，要麼與豬相對，要麼屁股對著豬，二者必居其一。由於板橋不牢靠又狹窄，而且還有一半已經腐朽，因此，遵照孔子「危邦不入」之教誨，旅客就在寬敞的庭院或安全的室內牆角方便。旅店老闆不僅不責怪，反而因為廁所裡糞便減少而對

此行為表示歡迎。

　　中野這樣的經歷我也曾在四川經歷過，2000年春日的一天，我和一位朋友駕車從成都去重慶，半路上，這位朋友說附近有一農家餐館做的鰱魚特別好吃，而且許多人還專門駕車去那裡吃魚，他邊說邊從高速公路上拐入了一條鄉村土路，很快我們就來到那間餐館，一看沿路果然停滿了各式汽車，其中高檔豪華車不少。他領著我進了一個院子，整個已被吃客占滿，他輕車熟路地又領我進入一間房舍，由於剛才外面太陽很亮，我還不能很快適應這屋內的昏暗，只覺得一股強烈的難聞氣味撲面而來，而且聽到了動物的嚕嚕聲，定晴一看，原來是三頭大肥豬正晃著頭對我們打招呼，我真吃了一驚：一是突然這麼近挨著這有些怪異的龐大動物；二是他怎麼把我帶到豬圈來了；三是我看到有兩個吃客在那裡解手，其中一個喝醉了正在大口嘔吐；四是我們得非常小心地走過那搖搖欲墜的架在大糞坑上的板橋。還好，最後總算穿過了這豬圈兼廁所，外面又是一個陽光明媚的院子，我緊張亂跳的心放鬆下來了，而後面所吃之魚，可想而知，沒有任何感覺。只看見不斷有吃客起身去周圍的樹叢中解手，而根本不去那豬圈上廁所。

　　2001年，又是春日的一天，一位非常著名的翻譯家執意要請我和我的家人去一處他認為風景很美的鄉間小店吃飯。到了才知道那風景的模樣，小店緊靠一條破爛的公路，要抖散架的農用車來來往往，那震天響的聲音尤其讓人撕心裂肺。更令人害怕的是那吃飯的桌子輕飄飄的，由於地面凹凸不平，要不停地在那桌子的腳底塞一點碎瓦或木屑。就這麼勉強坐下後，難聞的氣味又沖了上來，四下再一細看，原來這小店不僅靠著灰塵撲鼻的公路，而且另一邊還緊靠一條幾乎不流動的墨黑色的臭水溝，溝坎上堆滿了垃圾，而我的朋友卻很興奮，用手指點著不遠處的一座水泥橋讓我看，並隨口吟出卞之琳的一句詩並評論道：你站在橋上看風景，這地方真不錯，我是好不容易才發現的。接下來，我們開始在這風景中喝酒，我三歲的兒子坐不住，就在那陡峭的溝邊探查，兒子的媽媽一來此處就感到不對，這時見兒子的危險動作更是坐不住了，只好去不停地逗他玩。不久，我想解手了，就問朋友這裡的廁所在哪兒，他說就在屋後竹林中解決。我旋即去了他手指的地方，那竹林裡地面濕滑，看來常有人在這撒尿，加上又有些看不太清楚的人糞，因此我走起路來難免慌亂，結果在那裡扭傷了腳。

好了，以上所說還沒完，再讓我們來看看芥川龍之介，這位神經脆弱的敏感天才（據其傳記作者進藤純孝所說：他「神經脆弱到連門前有人咳嗽都會大吃一驚」）在中國又遭遇了怎樣的「廁所」打擊？據他自己說，有一次他的日本朋友請他在上海著名的雅敘園餐館吃飯，吃著吃著他想上廁所了，就去問跑堂的廁所在哪裡，「他指示我在廚房的水槽上解決。實際上在我之前，一個滿身油污的廚師已經在那兒做了示範。我對此是大大的折服了。」因此，他感歎道：「味覺以外的感覺與其說是得到了滿足，不如說是受到了強烈的刺激。」而更刺激的還在後面，芥川在他的《中國遊記》（按：上面所引芥川的話，也出自此書）中寫了許多中國式的入廁方式，在廬山旅遊時，他看到附近江面上這樣的一幕現實：

> 江面上有一艘木製的軍艦，架著一門彷彿還是征討西鄉隆盛時曾經用過的大炮，停泊在琵琶亭的旁邊。且不說潯陽江上的猩猩會現身，本來以為至少裡面會藏著浪裡白條張順或者黑旋風李逵一般的人物，卻沒想到從眼前的船蓬裡伸出一個醜陋至極的屁股，而且那只屁股竟然肆無忌憚地（請寬恕這裡粗野的敘述）悠然地在江上大便。

芥川本想在潯陽江上發懷古之幽思，慢慢觀賞熠熠的漢風，但看到的卻是一個中國屁股正在大便，不免又「受到了強烈的刺激」。

在當代文學作品中，書寫廁所這一當代意象最具現實主義功力的應屬虹影。她在她那本「美麗的、令人難以忘懷的中國史詩」（瑪麗‧維斯利）《饑餓的女兒》中為我們描述了當代典型的中國廁所，這種廁所正是我們苦難生活的「客觀聯繫物」（T.S.艾略特），它成了我們朝夕相處的現實：「女廁所的三個茅坑髒得無處下腳，白蛆，還有拖著尾巴發黃的蛆，蠕動在坑沿，爬到腳邊。」（虹影：《饑餓的女兒》，四川文藝出版社，2000年版，第137頁）因為普遍人家的室內無廁所，大家只好在清晨走10多分鐘的路程去遠處廁所排隊等待入廁。中國廁所沒有隔間，裡外都站滿排隊的人，因此作者說：

> 的確，這屎拉得實在不容易，多少雙眼睛盯著排洩者的前部器官，多少人提著褲子，臉上冒汗憋著大小便地候著。年齡大的，蹲上茅坑，享受自己一時的獨佔權。排隊的人，則會毫無顧忌地盯著沒門擋蔽的茅坑，

她們嘴一敞開就難以封住了：誰的誰的子宮脫落，肯定是亂搞男女關係；誰的誰的下身生有紅斑濕疹，是婊子，賣逼的，不爛掉才怪。

排隊緊張，上廁所也緊張，我總要帶樣東西，裝作不在意地擋在自己面前，有時是蒲扇，有時是一本書或書包。要讓衣褲和鞋不沾著屎尿，又不讓蠕動的白白紅紅的蛆爬上自己的腳，又不能讓擋著自己的東西碰著茅坑的臺階，還得裝隨意，不能讓等著的人覺得我是有意不讓人看我的器官。否則，碎嘴爛嘴婆娘們必定會說我有問題，什麼好東西遮起來見不得人？（同上，第139頁）

　　以上所引只是關於廁所的兩個小段，虹影在書中第八章開篇便用了近五千字來描寫中國廁所的全景圖，其中有「紅爪爪」（中國女廁獨有的怪物），有在廁所裡口吐蛔蟲的女人，有昏倒在屎尿邊的，有上霸王廁的，有亂說下流話的。芸芸眾生在一個清晨擁擠在廁所，這一奪目的中國意象周圍，消耗著她們一天剛開始的生命。廁所這一意象在中國當代文學作品中尤為引人注目，它有著豐富的象徵意義，中國人的飲食起居、精神生活全在此得以反應，這裡的廁所也表現出了現實的複雜性，如通過廁所會讓人產生以下聯想：惡、醜、墮落、骯髒、腐爛、迷信、頹廢、下流等。虹影對中國廁所意象的直面書寫，讓人肅然起敬，一個藝術家「他不僅擔負著報導戰鬥的任務，而且也是一個戰士，有他的歷史主動性和責任。對他和對所有人一樣，問題不在於說明世界，而在於參加對世界的改造。」（羅傑・加洛蒂：《論無邊的現實主義》，上海文藝出版社，1986年版，第168頁）的確，虹影並非僅報導廁所，說明廁所，在她行文的背後，也就是說在她的廁所意象的背後，有一種堅韌地企圖改造廁所和現實的英勇決心。而赫塔・米勒，這位2009年諾貝爾文學獎得主，則在她的《低地》中有另一番直刺人心的書寫：她「把自己關進廁所，脫下褲子，蹲在臭烘烘的茅坑上嚎啕大哭。……儘管如此，我還是用廁紙擦了屁股，然後看著茅坑裡，看到屎上有白色的蠕蟲在爬。我看到黑色的小塊糞便，知道祖母又便秘了，還看到我父親的明黃色的大便和母親微紅色的大便。我正在找祖父的大便時，母親在院子裡喊我的名字了……」（赫塔・米勒：《低地》，江蘇人民出版社，2010，第43頁）

詩歌中能寫廁所嗎？在我記憶中第一個將廁所寫入詩中的當代詩人是李亞偉。他在他那名揚天下的〈中文系〉一詩中第一次把廁所這一意象引入中國當代詩歌，這應是一次了不起的壯舉。而這一壯舉發生在20年前：「在晚上／廁所裡奔出一神色慌張的講師／他大聲喊：同學們／快撤，裡面有現代派」（李亞偉〈中文系〉）。廁所與現代派聯繫在一起有一種錯綜的機智與深刻的反諷，其中的調侃與反抗性也不言而喻，這裡的廁所似乎成了現代派的戰場。與此同時，廁所在中國當代詩歌中又被賦予了「狂歡」的意義（整首〈中文系〉就深具狂歡效果），那是青年人膽大妄為的場所，一切秩序可以在這裡被破壞，一切所謂的現代派可以在這裡被盡情書寫。總之，這是一個語義十分豐富的意象。廁所甚至與孩子般的「胡作非為」及塗鴉有關。不是嗎，男孩們就常常在廁所的壁間畫上各種王八的圖案。我甚至至今還記得我10歲時所經受的震撼：一天下午，我們一群少年在公共廁所附近玩耍，大家正覺無聊時，一個比我大三歲的男孩興沖沖地從廁所跑出來，對我們說，快去看，裡面有一個大人的錘子（四川話，指男性性器）好大呀！這一下，眾人都興奮起來了，孩子們一個接一個假裝入廁小便，其目的當然是為了觀看。我也看到了那駭人的一幕，但給我留下永恆烙印的並非那成人的巨大性器，而是那中年男人斯文且敏感的形象，他帶一副近視眼鏡，很緊張地抖動手中的一張正在閱讀的報紙，企圖遮擋他那個部位，臉色也有一絲懊惱，他知道小孩們進來的真實原因。

　　時間到了2001年5月22日，這一天，尹麗川寫出了一首真正全面與廁所有關的詩。從而徹底破了廁所不能入詩的禁忌，並且為我們帶來了新的顫慄，猶如老雨果曾說波德賴爾的詩為其帶來新的顫慄一樣。一個新的視界為我們打開了，一種新的現實尺度為我們確立了。全詩不長，現錄如下：

郊區公廁即景

蹲下去後，我就閉上了雙眼
屏住呼吸。耳朵沒有關
對面嘩嘩地響，動靜很大
我睜開眼，仰視一名老婦

正提起肥大的褲子
氣宇軒昂地，打了個飽隔
從容地繫著腰帶
她輕微地滿意地嘆了口氣
她的頭髮花白
她從容地繫上腰帶
動作緩慢而熟稔
可以配悲愴的交響樂
也可以是默片

　　尹麗川這首詩在形式上並無什麼新意，不像「非非」有形式上的突破，但在內容上卻有極大的創新，甚至可以說開創了一個新的文學母題。「溫柔敦厚」的優雅詩法之迷信被破除了。詩人誠實地面對了自己及其生活，正如波德賴爾所說：「詩是最現實不過的。」這是一首真正意義上的現實主義之詩，也應了龐德（Ezra Pound）所說，所有藝術說到底都是現實主義的。用現在時髦的話說，尹麗川這首詩是一首及物的詩。正是在及物這一點上，她又如同波德賴爾一樣，為我們帶來了題材、內容的新顫慄，這顫慄讓我們緊逼了現實並感到人在世界上一種真實的存在的形式，由此我們繼續讀出「這種現實主義的定義不能不考慮作為它的起因的人在現實中心的存在，因而是極為複雜的。」（同上，第167頁）的確，作者在現實中的思考是極為複雜的，尹麗川並不像單純的波德賴爾那樣執著地書寫拾垃圾者、腐屍、惡魔、蛆蟲、蒼蠅、糞土（這些意象對於傳統詩歌來說已經是十分驚世駭俗了），而是以一種東方似的微妙手法，通過廁所書寫了普通人的滄桑、麻木、荒涼，一句話，生活就是這樣，沒有別的選擇，也不必選擇。但在面對這種殘酷的現實處境時，作者又在詩中貫注了極深的慈悲。最後二句是公開的細膩的悲憫，當然也是對「惡之花」般的現實的昇華。但這悲憫是以冒犯的形式出現的（這是作者一貫的風格），她提請我們注意這位老婦，她的生命在廁所「打了個飽隔」（一個最準確、最驚人的細節），「滿意地嘆了口氣」（這是平凡之氣，也是空白之氣與衰敗之氣），這就是平凡生命的本質。我們通過這間郊區公廁感到了作者筆下的廁所的確為我們帶來了「比冰和鐵更刺人心腸的歡樂」（波德賴爾），這歡樂絕對配得

了悲愴交響樂，也絕對令我們震動。為此，這位老婦人的形像也是我們的形象，她的「悲愴」或「默片」式的生命也是我們生命的一部分。而這一切都源於一個核心意象「公廁」。我們在《郊區公廁即景》中既讀出了悲憫也讀出了詛咒，那正是作者一種深情的對現實廁所的詛咒與悲憫。這悲與咒的結合如此飽滿有力，又恰好呼應了佛家語中的大悲咒！

就在我寫完這個注釋後的十天左右，我收到了我的摯友，畢業於法國巴黎第四大學（索邦大學）的文學博士，波德賴爾專家，現為四川外國語學院法語系教授劉波寫來的有關西方人如廁的精彩文字，我以為切切不能遺漏，特別在此轉引過來，以使此注釋更趨全面：

> 塞利納《茫茫黑夜漫遊》（沈志明譯，灕江出版社，1988年）中有對西方人（紐約人）如廁的描述，全無東方式的委婉而精緻的趣味和唯美做派，而是把如廁看成是片刻的解脫甚至解放的時光，直脫脫宣示西方人的張揚和放肆，在屎尿中體會迪奧尼索斯式的恣意狂歡。現將這段文字抄錄於後，聊備一格：
>
> 人同腸子完全一樣，只不過粗大些，多變而貪婪，　體內裝著一個夢幻。（第219頁）
>
> 我坐的凳子右邊正好有一個大洞口，就在人行道上，很像我們的地鐵（……），裡面寬寬的，有粉紅色的大理石臺階，我看到許多人進進出出，原來他們到地下室去大小便。我立刻行動起來。地下室也是用大理石建成的。但見一個大池子，有點像游泳池，但沒有水，散發著惡臭。透進來的日光非常弱，再被解紐扣的人一擋，幾乎沒有日光了。大家都不回避，漲紅了臉向池子裡洩髒物，發出不堪入耳的聲響。男人之間這樣隨隨便便，嘻嘻哈哈，互相打氣，大有足球場的氣氛。人們一到，首先脫去上衣，好像要進行體力的較量：幹事要有合適的穿著嘛，這是規矩。然後放肆起來，打嗝的打嗝，放屁的放屁，手舞足蹈，各自占個糞坑，好像這裡是瘋人院。從臺階下來的人和在糞坑旁的人互開玩笑，語言污穢，但大家都喜眉笑眼。但他們在人行道上卻一本正經，甚至悶悶不樂，不過想到要廓清嘰裡咕嚕的腸子，不由內心歡喜，已經顯得如釋重負了。（……）裡外鮮明的對比使一個外國人瞠目結舌：在地下人人衣冠不整，落拓不羈，隨隨便便瀉腸汙，而在街上則行動拘禁，道貌岸然。（……）我從原來的臺階返回光天化日之下，在原來的長凳上休

息，恍然領悟消化和庸俗的奧秘，發現了共同拉巴巴的樂趣。（第220-221頁）

看來，正如克利斯蒂瓦所說，塞利納的作品中的確包含著一些「攪混身份、干擾體系、破壞秩序的東西」，一些「不遵守邊界、位置和規則的東西」（克利斯蒂瓦《恐怖的權利——論卑賤》，張新木譯，北京，三聯書店，2001年，第6頁）。

巴赫金有一段話說得也很有見地：「糞便還是歡快和令人清醒的物質，這種物質既是貶低性的，又是溫柔的，它用一種輕鬆的、毫不可怕的詼諧方式將墳墓與分娩集於一身。」（巴赫金《拉伯雷研究》，李兆林、夏忠憲等譯，河北教育出版社，1998年，第390頁）這段話說的是拉伯雷的《巨人傳》，不過放在塞利納身上倒也貼切。

拉伯雷的書真可謂屎尿文學的大全，大大方方地列數各種糞便的名目，討論屎尿的威力，也有一種大氣的狂歡氣象。至於說到擦屁股的方法，那也是不厭其詳，其精緻細密的程度絲毫不讓東方同行。主人公高康大如是說：

有一次我拿一位宮女的絲絨護面擦屁股，覺得很好，因為絲絨柔軟，使我的肛門非常舒服；
還有一次，用了她們的帽子，也同樣舒服；
另外有一次，用的是一條圍脖；
還有一次，用的是紫紅色緞子的耳帽，但是那上邊的一大堆糞球似的金飾件把我整個的屁股都刮破了。巴不得聖安東尼的神火把造首飾的銀匠和戴首飾的宮女的大腸都爛掉！
後來，我用了一個侍從的、插著羽毛的、瑞士衛士式的帽子擦屁股，才止住了疼痛。
還有一次，我在一叢小樹後面大便，看見一隻三月貓，我拿它擦了屁股，沒想到它的爪子把我的會陰部分抓了個稀爛。
第二天，我用我母親熏過安息香的手套擦屁股，才算治好。
從此，我擦屁股用過丹參、茴香、蒔蘿、牛膝草、玫瑰花、葫蘆葉、白菜、蘿蔔、葡萄藤、葵花、玄參（花托是珠紅色的）、萵苣、菠菜
——這些，用過之後，腿部都覺著很好！——還用過火焰菜、辣蓼、

荨麻、止血草，但是用這些，我卻得上了隆巴底亞的痢疾病，我用我自己的褲襠擦屁股，才把它治好。（《巨人傳》，成鈺亭譯，臺北，桂冠圖書，2005年，第61-62頁）

這段汪洋恣肆的文字還很長，所引的還只是一小部分。到後來終於得出結論：

但是，總的看來，我可以說，並且也堅持這個意見，那就是：所有擦屁股的東西，什麼也比不上一隻絨毛豐滿的小鵝，不過拿它的時候，須要把它的頭彎在兩條腿當中。我以名譽擔保，你完全可以相信。因為肛門會感受到一種非凡的快感，既有絨毛的柔軟，又有小鵝身上的溫暖，熱氣可以直入大腸和小腸，上貫心臟和大腦。別以為極樂世界的那些英雄和神仙的享受，就像這裡老太太們所說的那樣，只是百合花、仙丹或是花蜜，他們的享受（照我的看法），就是用小鵝擦屁股，蘇格蘭的約翰大師就是這個想法。（同上，第66頁）

巴赫金說這段文字展示了快感生發的生理路徑：小鵝的軟毛和熱氣，從肛門直達腦門。「這種滿足正是陰間永恆的快感，以這快感為滿足的，確實，不是基督教天堂裡的聖徒和遵守教規的人們，而是極樂世界的神仙和英雄。」（《拉伯雷研究》，第437-438頁）

巴赫金從小事情中看到了大道理：「這是一場歡快而自由的戲弄物品和觀念的遊戲……它的目標是驅散包圍著世界及其一切現象的陰沉、虛偽的嚴肅氛圍，使世界有另一種外觀，更加物質性，更加貼近人和人們的肉體，更具有肉體的合理性，更容易接近，更輕鬆，而且描述世界的語言也會是另一個樣子，是狎昵——歡快的和大無畏的。可見，這段情節的目標是已為我們熟知的世界、思維的語言的狂歡化。」其實這又有點像是在說你的（按：指柏樺的）《史記》。

3. 在此可見劉同珍心細如髮的專業感以及天生的科學家精神。需知當時並無這方面的專業書籍（人體排便量）可供參考，但他憑直覺，一下就抓住了事物的關鍵，即一般情況下，每人每天排便數量。這正是三百六十行，行行出狀元，劉同珍的確堪當此行翹楚。說到這裡，我正好讀到義大利作家翁貝托‧埃科的一段話，也是談排便量的，甚覺有趣，亦可互

文，難免手癢，趁便引來：「某位名為貝里永的作家在一戰中創作的一部《德意志種族的巨大排便量》——作者在該書中稱一個普通的德國人排出的糞便量比法國人更多，且氣味更加難聞。」（參見埃科：《密涅瓦火柴盒》，上海譯文出版社，2009，第334頁）

4. 詩並非總是「憂傷的玫瑰」等待著詩人去發現，「而是那個坐在電車裡張望世界的人的眼光，他能夠從正在工作的人的平凡普通中發現美：騎著三輪車的髒兮兮的麵包店夥計啦，把郵筒清空的郵遞員啦，甚至那個正在把牛肋肉卸下來的司機：但是也許最好看的是那些肉塊，鉻黃色，帶粉紅色斑塊，一圈一圈的渦形圖案，它們堆在卡車上，那個繫著圍裙、戴著皮帽、後沿披掛到脖子上的人正把每片肉塊搭到背上，弓腰將它從人行道上搬到紅色的肉鋪裡去。」（參見博伊德：《納博科夫傳：俄羅斯時期》，廣西師範大學出版社，2009，第331頁）

不是嗎？我就從掏糞工人劉同珍的工作中發現了別樣的精密的詩性，這一切猶如納博科夫從扛著肉塊去肉鋪的司機身上看到了美的精神一樣。

毛主席的感傷

在1964年的一次會議上，毛主席喃喃道：

一萬年以後，北京將會成為什麼樣子呢？[1.]

接著他又說：談論哲學有半個小時就足夠了，

否則你就講不清楚了。

注釋

1. 毛主席的這一問，讓我不僅想到了他在《滿江紅·和郭沫若同志》中二
   行詩：「一萬年太久，／只爭朝夕。」還讓我突然想到了拜倫《唐璜》
   中《第十五歌》最後一節：

   > 人生徘徊於兩個世界之間，
   > 就像在晝夜之交一顆星徘徊於天邊。
   > 我們現在是什麼，我們知道得多麼少！
   > 我們將來會變成什麼，我們更不知道！
   > 永恆的歲月之流滾滾而去，把生之泡沫
   > 帶到遠方：舊的破滅，新的浮現，
   > 從年代的浪花中衝擊而出：帝國的墳場
   > 上下起伏，也不過和一些逝去的波浪相像。
   >
   > （拜倫：《唐璜》，上海譯文出版社，1982年，第948頁）

二行

劉少奇說，社會主義是一門科學。

毛澤東說，社會主義是一種道德。[1]

注釋

1. 弗蘭克曾在《虛無主義的倫理學》這篇名文中說過：「社會主義的道德激情集中於分配公正這一思想，並僅限於這一思想；這一道德源頭也可以追溯至關於幸福的機械唯理論，追溯至這樣一種觀點，即認為在總體上並不需要為幸福創建各種條件，而只要從那些為了自身的利益非法佔有這些條件的人那裡去索取或搶奪。」（轉引自列夫·洛謝夫《布羅茨基傳》，東方出版社，2009年，第190-191頁）

毛主席對阿爾巴尼亞客人說

「有人說中國熱愛和平，那是吹牛。實際上
中國人喜歡鬥爭。[1] 我就是其中一個。」

注釋

1. 毛主席年輕時為了強筋骨、練意志，曾運用過多種方法進行鍛練，其中
   風浴、雨浴、冷水浴、登山、露營、游泳等，可說是不一而足。在他青
   春時節的日記裡，他這樣寫道：

   > 與天奮鬥，其樂無窮！
   > 與地奮鬥，其樂無窮！
   > 與人奮鬥，其樂無窮！

   以上所引毛主席的話出自蕭三之書：《毛澤東同志的青少年時代和
   初期革命活動》。

有意思的話

一、1957年，毛主席第四次橫渡長江的時候，曾說：長江，別人都說很大，其實，大，並不可怕。美帝國主義不是很大嗎？我們頂了他一下，也沒有啥。所以，世界上有些大的東西，其實並不可怕。年輕時，他還說過：「自信人生二百年，會當水擊三千里。」

二、1966年，莊則棟在參加北京國際乒乓球邀請賽時說：一個戰士在上陣以前，不去想怎麼把仗打好，而是先顧慮打敗仗犧牲了怎麼辦，這叫什麼樣的戰士？

三、長沙市一中高三（三）班共青團支部在1966年6月19日的《人民日報》上發表了一篇文章《升學考試制度的二十一大罪狀》，其中多是老生常談，不必一一錄來，其中二條有些意思，轉抄如下：其一、阻撓青年與工農群眾相結合。一臨高考，許多同學就不想與工農相結合的事了，就不願「抽時間」去和工農群眾共甘苦，同勞動了。毛主席說：「一切可以到農村中去工作的這樣的知識份子，應當高興地到那裡去。」而絕大多數同學一心一意為了「高考」，考上的就高興，考不上的就不滿，不願下鄉。其二、把一些牛鬼蛇神和會猜考題的投機的傢伙捧上

了天。中統特務、現行反革命分子彭靖，曾經一度把持了我校語文教研組的領導權。而政治教研組長，曾經因連猜中政治考題，考生出場時喊他「萬歲！」

為何喜歡《首戰平型關》

我也不知道我到底是否喜歡這冊連環畫?

或許喜歡吧

因為封面有一挺正在掃射的機關槍,

因為另一個拿駁殼槍的八路軍[1]顯得很大

而我又很小

而那一年是1966

注釋

1.「八路軍」一個在大陸耳熟能詳的詞,還需解釋嗎?在此,我要從另一角度(史沫特萊的角度),告訴你另一副八路軍的面孔,他們既天真又可愛:

　　史沫特萊隨一個連隊作戰,她看到戰士們戰鬥了整個一天,打完仗後卻沒有一點點東西吃。小米唾手可得,但是他們沒有錢,而指揮員不允許戰士們不付錢就拿走別人的東西。

　　在這個殘酷的夜晚,指揮員開始給戰士們講毛在古田會議上提出的「三大紀律八項注意」,「三大紀律」和「八項注意」中的有些內容就是不允許不付錢強行拿走別人的東西,特別是群眾的東西。戰士們高唱著「三大紀律八項注意」迎接黎明的到來,歌聲直衝雲霄。她說:「他們的聲音像一支大型樂隊。」

　　這些人既不會讀也不會寫。他們焚燒日圓,因為他們認為只有中國的錢才是錢。他們第一次見到火車就像美國的兒童第一次見到劍龍。他們到西安,不顧身上的傷痕,排起隊希望按一下開關,因為他們對於手指一動電燈就亮感到很驚訝。(R‧特里爾《毛澤東傳》第174頁)

毛主席像章

如同兒童喜歡玩具，我們曾熱愛各式各樣的毛主席像章[1]
1989年12月26日我寫下《1966年夏天》，
當然也寫下我心中的像章：

成長啊，隨風成長
僅僅三天，三天！

一顆心紅了
祖國正臨街吹響

吹啊，吹，早來的青春
吹綠愛情，也吹綠大地的思想

瞧，政治多麼美
夏天穿上了軍裝

生活啊！歡樂啊！
那最後一枚像章
那自由與懷鄉之歌
哦，不！那十歲的無瑕的天堂

注釋

1. 毛主席像章在「文革」時曾鋪天蓋地、風靡全國，據《人民日報》1966年10月9日一篇文章（〈戴上主席紀念章顆顆紅心永向黨〉）報導：「最近以來的北京街頭，有一個引人注目的生動景象：一些書店、供銷社、文具商店門口，常常擁擠著成百上千的外地學生。他們排著隊，在那裡耐心等候，等候一件最珍貴的紀念品───毛主席紀念章。買到紀念章的紅衛兵和革命學生，三三兩兩聚攏在一起，彼此傾談著無限喜悅的心情。」但一般人有所不知，早在「抗美援朝」時毛主席像章就已成為朝鮮前線最搶手的禮物，一時成為時尚。1951年6月8日《人民日報》刊登了一篇文章〈毛主席紀念章在朝鮮前線〉（作者為中國赴朝慰問團第三分團團員，上海青年代表哈寬貴），作者在文章中說：「這次我們去朝鮮前線慰問，帶去了全國人民對戰士們的熱愛與關懷，也帶去了大批慰問品。其中最受戰士們歡迎的是毛主席紀念章。紀念章是紅色的底，上面是金色發光的毛主席像，下面有『抗美援朝，保家為國』八個字」。由於帶去的像章不夠，僅有功臣才能得到，而「得到紀念章的功臣們樂得像個孩子一般，其他的戰士也爭著觀看。」依然是1989年冬天，我再次寫到「像章」：

　　麥子，我左胸的一枚像章
　　我請求你停止瘋長！

　　　　　　　　　　───〈麥子：紀念海子〉（柏樺）

一些有趣的事

一、一百粒「紅花生」

四川一間農業中學的革命師生送給毛主席一百粒
「紅花生」他們說：請您老人家檢閱我們「以學為主，
兼學別樣」的成果；請您老人家嚐嚐，
這一百粒花生組成的千百顆紅心。

二、在列車上

在一輛大連開往北京的列車上，一位解放軍戰士正
當眾講述他學習「老三篇」，狠鬥「我」字的體會。
他本是一名戰士，後被調去炊事班工作，覺得丟人，
幹得懶心無腸。後來，學了「老三篇」才徹悟：
原來鍋臺就是我的革命陣地！

三、洗頭

有一天，天剛亮，一個紅衛兵就跑來天安門用水管洗頭。
一個守衛天安門的戰士說水很冷，勸她不要洗。

她卻興奮地說：天安門前的水是毛主席身邊的水，

它最甜、最有抗毒作用，用它洗了頭，

在階級鬥爭的大風大浪裡永遠也不會迷失方向。

四、對聯及剪刀手

許多服裝店的門上出現了對聯，我記住了其中一副：

革命服裝大做特做快做，奇裝異服大滅特滅快滅；

橫額是：興無滅資。[1.] 在最熱鬧的街頭，我還看見

紅衛兵剪刀手或「群眾專政大軍」專用剪刀剪小管褲。[2.]

五、全聚德變臉

首先變為北京烤鴨店

接著被一百幅毛主席畫像

及數以百計的毛主席語錄裝扮；

一張醒目的標語貼在門前：

「歡迎工農兵進餐」

菜牌上增加了五種菜：

最貴的二角五，最便宜的八分。

六、一個英國記者說

他們確實一向讓訪問者去參觀肥料工廠的。但是，我突然

被一個拿著大字報和一桶漿糊的狂怒的人所吸引住了。

這個人從旁邊一條小路上衝了出來，在空白的磚牆上
塗抹漿糊，貼上寫有「工廠黨委書記見鬼去吧」的
大字報。翻譯解釋說：這句話的真實含義是
粉碎他的荒謬理論。

七、《毛主席語錄》在國外

《毛澤東主席語錄》已在全球書報攤上出現
並在法國暢銷書單上居首位，且售價很便宜，
在法國賣二角八分，在香港賣一角七分，在美國賣六角

八、焦裕祿對孩子很嚴

一次，國慶（焦裕祿的兒子）想買本子，焦裕祿就
先查看他的舊本子是否寫完；買了東西哪怕剩
一分錢，他也要向孩子討回來。他說，
這是為了讓孩子從小養成節約的習慣。

九、熱愛

一天夜裡，狂風暴雨吹得哨所（位於黃海某島的
山巔上）牆上鑲著毛主席像的鏡框亂晃，戰士
馬紹君忍著風吹雨打，用手扶住鏡框，使
毛主席像在狂風中紋絲不動，直到第二天放晴。

十、老來變

六十七歲的王洪亮退休後，準備好好度過晚年。
於是，在家養雞、養兔、養金魚；也玩鴿子
和鸚鵡；開會不參加，集體事情不關心；
後加入毛澤東思想學習班，在回憶苦難
和自我批判的過程中又蛻變為一個新人。

十一、唱歌

上海愛國小學教師段東紅1968年4月28日上午正在乘25路
無軌電車這時，坐在他後面的一個中年婦女對著她的
小孩唱一首外國歌曲〈寶貝〉他聽了感到很刺耳，
就猛地站起來訓斥道：「這首歌不能唱了！」
接著轉身對車上的眾人高呼：「讓我們唱
〈祝福毛主席萬壽無疆〉」

注釋

1. 參見〈雜記：日常政治〉注3。
2. 用剪刀當街剪行人褲子，並非「文革」首創，民國時亦有之。1923年6
   月9日上海《民國日報》就載有一則新聞如下：

   > 長沙函云：記者昨有事城外，經過落朋橋地方，見一女子，年方二九，
   > 風致嫣然，似一時派女學生。衣著湖縐夾衣，顏色鮮明。下穿羽紗裙
   > 子，徐徐行走。忽來剪毀衣服者數十人，將該女子圍住，旋將其羽紗裙
   > 撕毀，囑令解下。詎該女子耳紅面熱，呆若木雞，既不言語，復不將裙

解下。予心知有隱，頃見風吹該女裙作旋飛舞，而雪白如藕之大腿，映入眼簾。豈意該女子真未穿裡褲耶？如是拍掌者有之；笑罵者有之；圍觀者甚眾。該女子則羞人答答，幾欲鑽入地縫，奈地無縫也。予以此難乎為情，奈請員警前往，將人勸散，帶該女子至縫衣店借褲一條，解開此圍，該女子始狼狽歸去云。

更名記

一、北京

長安街──東方紅大路

東郊民巷──反帝路

西郊民巷──反修路

王府井大街──防修路

越南大使館所在地光華路──援越路

王府井百貨大樓──北京市百貨商店

東安市場──東風市場

協和醫院──反帝醫院

同仁醫院──工農兵醫院

全聚德烤鴨店──北京烤鴨店

亨得利鐘錶店──首都鐘錶店

徐順昌服裝店──東風服裝店

藍天服裝店──衛東服裝店

瑞蚨祥綢布店──立新綢布店

二、上海

永安公司（上海最大的百貨公司之一）之「永安」
到底是什麼意思？當然是資本家想永遠安安穩穩
剝削勞動人民的意思。在這個1966年的夏天，
「永安」必須更名。但更什麼名？爭議還在繼續
「永紅」、「永鬥」、「紅衛」、「東方紅」……

三、合肥

包公祠堂——閱覽室

包河公園——人民公園

包河浴池——人民浴池

胡開文筆墨店——工農兵筆墨店

陶廣盛菜館——回民飯店

劉鴻盛餃麵館——人民飯店

張順興糕店門市部——立新門市部

四古巷——四新巷

三孝口——紅路口

回龍橋——立新橋

廟街——紅街

四牌樓——東風廣場

逍遙津公園——東風公園

麗芳照相館——要武照相館

縣橋旅社——東風旅社

四、武漢

三民路——人民一路

民族路——人民二路

民權路——人民三路

民生路——人民四路

一元路——紅衛一路

二曜路——紅衛二路

三陽路——紅衛三路

四維路——紅衛四路

五福路——紅衛五路

六合路——紅衛六路

山海關路——紅衛七路

張自忠路——紅衛八路

郝夢麟路——紅衛九路

盧溝橋路——紅衛十路

劉家琪路——紅衛十一路

合作路——井崗山路

蘭陵路——延安路

黎黃陂路——韶山路

張之洞路——工農路

四官殿碼頭——江漢碼頭

張公大堤——解放大堤

雙洞門中學——紅衛中學

集賢村中學——井崗山中學

黃雲記棕床廠——武漢棕床廠

高洪太鑼廠——國營武漢鑼廠

乾太裕傢俱廠——武漢傢俱廠

曹正興菜刀廠——武漢菜刀廠

生生印刷廠——人民印刷廠

謙祥益百貨商店——工農兵百貨商店

盛錫福帽廠——人民製帽廠

維新百貨商店——紅旗百貨商店

五、廣州

永漢路——北京路

長庚路、豐寧路、太平路——人民路

長壽路——曙光路

朝天路、米市路——朝陽路

泮溪酒家——友誼飯店

蓮香茶樓——東升茶樓

六、太原

迎澤大街——工農兵大街

湖濱會堂——工農兵會堂

府東街——東風東街

府西街——東風西街

長風劇院——東方紅劇院

大中劇院──東風影劇院

並州劇院──勞動劇院

和平劇院──紅光劇院

林香齋飯店──人民飯店

認一力餃子館──太原餃子館

華泰厚毛料服裝店──

　　太原市東方紅服裝加工廠

　　第一門市部

香港「文革」小報名錄

1967年，香港有一份《千鈞棒》小報。

這小報在沸騰的生活中頗有閒趣與急智，

它把在香港出版的小報報名集成了一首詩歌：

「東風，怒潮，漫天雪；反英，抗暴，風雷激。

進軍，戰鬥，新挺進；港九，群眾，抗頑敵。

滅英，尖兵，娘子軍；造反，先鋒，紅衛兵。

闖將，伏虎，文錦渡；平英，驅帝，突擊隊。

奮鬥，紅色，新香港；紅日，東升，滿江紅。

星火，燎原，換新天；黎明，曙光，東方紅。」

自虐狂陳善齋

這天（1968年1月初的某一天），上海朝陽新村綜合
商店職工陳善齋參加完單位「天天批」會議後，一回家，
就頗覺失落，又似乎是意猶未盡，總之，坐立不安；
突然他明亮了：心想愛人退休在家，對外面的大批判
一無所知，現在正好趁熱打鐵，開一個家庭批判會。
老陳邊想就邊從包裡摸出批判材料，對愛人和子女說：
「這幾天我們店在批判中國赫魯曉夫修正主義。」接著，
他又連忙讀了幾段中國赫魯曉夫說的黑話「吃點眼
前虧，大的不吃虧」；「入黨可以做官」。剛讀到這裡，
老陳話鋒一轉：「你們幫忙看看，這種反動思想的
流毒在我身上有沒有？」大女兒當場指出：「爸爸，
你就有吃小虧占大便宜的思想。記得媽媽退休時，
你不讓我頂替媽媽做輔助工，叫我做藝徒。還說
什麼做藝徒暫時雖然工資少，吃點眼前虧，但
可以學技術，將來有希望當技術員、工程師。
當輔助工雖然工資多一點，但以後升級就難了。」
女兒還沒批判完，兒子又搶著批：「爸爸，姐姐
讀初中時，你叫她參加共青團，說入了團升學、
找工作方便，前途有希望。現在看來，你是中了
入黨做官的流毒。」老陳一聽，急得趕緊打開

《毛主席語錄》朗讀起來：「我們應該全心全意地為人民服務，一刻也不脫離群眾；一切從人民利益出發，而不是從個人或小集團的利益出發；……」這時全家也莊嚴地加入進來，奏起了朗誦的合聲，並感到一陣陣淋漓的脫俗與溫暖。

新媳婦被當場染紅

老貧農孟慶菊大娘的兒子房德經的婚禮非凡：
首先是這婚禮被命名為「家庭毛澤東思想學習班
新學員入學儀式」；接著是出席人在「儀式」上的
表演：一開場，新媳婦的講話就引起眾人的高度
警惕。她一條語錄只背了半句「我們都是來自
五湖四海」，就羞得扭頭朝了裡。面對此景，
社員們沒有嘻嘻哈哈，表情十分嚴肅。他們內心
很著急，想到的是怎樣完成教育新學員的義務。
嫂子第一個發言，講了自己是如何通過讀毛選，
在頭腦裡鬧革命，樹立新思想的；孟大娘邏輯
分明地談了三個問題：一是舊婚姻制度的危害性，
二是建立新型的家庭關係，三是讓毛澤東思想當家。
年過半百的老貧農挺身而出，朗誦道：「世界是
屬於你們的。中國的前途是屬於你們的。」青年人
也開始「獻寶」：我們要經風雨、見世面，到大風
大浪中去鍛煉。最後，男女老少紛紛針對新媳婦
的活思想向她送語錄，他們說：千珍貴萬珍貴，
毛主席的語錄最珍貴。這時，新媳婦的心定了
下來，她大方地同愛人齊聲高唱她剛才沒背完的
語錄歌：「我們都是來自五湖四海，為了一個共同

的革命目標，走到一起來了……」婚禮在歌聲中
落幕，新媳婦的思想被當場染紅。

女社員星夜積肥[1.]

還是肥料有意思（前面已寫了許多），那就繼續寫：

1969年4月2日晚，大寨的女社員幾乎全體出動，

個個擔著籮筐，打著燈籠，一陣風地湧向村西頭。

為了奪得今年的新豐收，為了朝毛主席表忠心，

為了向黨的「九大」獻禮，她們利用夜間尋找肥源。

婦女們邊唱著「下定決心」的語錄歌，邊把那旱池塘

裡的淤泥挖起，川流不息地挑往田間，一夜送肥八百擔。

注釋

1. 婦女參加家庭之外的重體力勞動，並非始自「婦女能頂半邊天」（毛澤東語）的新中國，它有著一個悠久的傳統，「根據19世紀中期一位西方旅行者在湖州的大運河邊看到的情況，『中國婦女不會在任何哪怕最骯髒的活計面前退縮，只要那項活計能夠讓她多一種維持生計的手段。』」（參見曼素恩：《綴珍錄——十八世紀及其前後的中國婦女》，江蘇人民出版社，第207頁）又猶如曼素恩在其書中所說，盛清的婦女也去挖河泥，並用筐將河泥擔到稻田中作肥料。但過去的婦女積肥之目的與本詩中大寨女社員積肥之目的不同，正如前面引文裡所說：前者這樣做，只是為了維持生計；後者卻是為了社會主義建設這一更為宏大的目標。

讓我們再來看一幅晚清婦女積肥的畫面：

就內地城市而言，農民或者是他們的妻兒，每天都要進城將糞便運回地裡。有一座我十分熟悉的擁有十萬人口的城市。一天，我正在城郊散步，迎面走來一長隊婦女，身體強壯，精神飽滿，一路上都撒下了她們的歡聲笑語，而且見到這樣多的婦女都露出歡快的笑臉，實在是太讓我舒心了。她們就像是一群輕輕鬆鬆出來度假的女學生。每位婦女的左肩上都挑著兩隻桶，裡面裝著從城裡購得的糞便。這些人看上去都是些農家女，她們與自己的丈夫或父親一樣對農活瞭若指掌。事實上，我在經過詢問之後才知道，她們的丈夫都想法子去掙錢了，而將地裡的莊稼活留給她們去照管。面對如此沉重的農活，她們並不覺得苦惱。她們中的一些人必須挑著擔子走上幾英里，但這並不能對她們的精神產生什麼打擊，也不能禁錮那出自內心的笑語。

（〔英〕麥高溫：《中國人生活的明與暗》，
時事出版社，1998年，第302-303頁）

另外，由於糞肥在中國長期稀缺，因此一直就成為了勞動人民內心的珍寶。這一點，連19世紀駐華的美國外交官何天爵（Holcombe Chester）也注意到了：「在中國，你會常常看到，十多個大人和孩子為了爭搶路邊的一堆馬糞正鬧得不可開交。」（何天爵：《真正的中國佬》，光明日報出版社，1998年，第227頁。）

雜記：日常的政治

一、挾海帶

這天，貧農社員李婆婆聽說革命委員會[1]發動婦女
去崮山挾海帶，就搶著報了名。而老伴欒世仁一聽
便不高興：「咱們都是快入土的人了，還跑那麼遠
幹活既不能掙工分，又叫人不放心。」李婆婆當場
讓老伴面對毛主席的畫像，幫他鬥起了私心
（讀毛選自然不在話下），直鬥得欒大爺
滿臉發燒，把煙鍋抽得吱拉拉響，最後竟把他
鬥哭了，他只好一個勁地懺悔：「劉少奇
害得我忘了本，我實在對不起毛主席！」

二、犁地

下鄉知識青年高克強跟著老貧農郭同新學犁地
犁得左右晃動、歪歪斜斜，郭大叔盯著他的雙腳
心裡明白，就讓他學毛主席語錄。克強學得豁然開朗
猛然醒悟：剛才郭大叔是赤腳走在犁溝內犁地，
所以犁得又穩又直。可自己呢！生怕把新鞋、新襪弄髒

不敢走入溝內。看來犁地不是技術問題，而是思想問題
因為自己頭腦裡還有資產階級思想在作怪。

三、母雞

歐大娘右手擎著本「紅寶書」，左手抱著隻肥母雞
歡歡喜喜來到食品收購站賣雞。收購員過秤時，
習慣性地往雞脖子下面一摸，發現雞嗉囊空空的，
覺得很怪。歐大娘開口說：是毛主席叫我狠鬥私心的。
過去我賣雞時，總是給雞猛灌砂粒、大米，只想多賣錢
哪管雞的死活，這是中了劉少奇占公家便宜的毒。
現在我排了毒，²私字早就掃地出門了，哪來脹鼓鼓的雞。

四、嗩吶

回鄉探親戰士趙希正剛端起飯碗吃飯，忽聽到村西頭
一陣嗩吶聲，便問「哪裡吹嗩吶？」父親說，魏有富爹
死了。小趙以階級鬥爭的敏感性，馬上聽出了問題：
「這決不是辦喪事，魏有富父子都是地主，他們是在
為死去的老地主招魂，這嗩吶聲中有階級鬥爭！」
小趙當場放下筷子就往外跑。來到魏地主院子，
只見中間放著棺材，幾個吹鼓手正在吹打，魏地主
也在作揖磕頭。小趙霍地跳上一個土堆，帶著內心的
火燒朗誦起毛主席的教導：「必須鎮壓一切反革命
階級、集團和個人對於革命的反抗，制止他們的

復辟活動」。這時，一群青年民兵及時趕到並圍了
上來，命令嗩吶聲停止，命令魏地主認罪。

五、罐頭

「我們生產的罐頭，運往五大洲，支援世界革命。
而你秤的罐頭，一只少了十克，一只又多了
二十七克。不行！這說明你沒有時刻想到
世界革命。」曹師傅如是對小王說。

六、醬油

一天晚上，下鄉知識青年王大軍發現桌子上有一瓶
新醬油，正在納悶時，有人就一腳跨進門來。小王
回頭一看是祁大爺，邊讓座，邊把醬油的事對他講。
「我見肖長貴提個瓶子來過，就為這事來找你。」
老貧農祁德賢吸了口煙，開講了：「小王呀！毛主席
教導我們：『在拿槍的敵人被消滅以後，不拿槍的
敵人依然存在，他們必然地要和我們作拚死的鬥爭，
我們決不可以輕視這些敵人。如果我們現在不是這樣
地提出問題和認識問題，我們就要犯極大的錯誤。』
毛主席的話，我們可要牢記、執行呀！給你醬油
那傢伙是個反革命。」王大軍聽到這兒，汗毛都
豎立了，沒想到階級敵人就在身邊竟未發現。

「祁大爺，我馬上把醬油還他！」「不！」祁大爺拉住
小王：「我們要把醬油留著，讓全社隊員看看，
階級敵人心不死的活見證。」在批判會上，王大軍
手提這瓶醬油，瓶上還寫個『毒』字，登上臺開始了
大批判：「看！這是一瓶醬油嗎？不！這是毒藥！
是階級敵人想把我們青年人拉下水的毒藥。」……
多年後，大軍頹廢下崗，日日在家中無事，思想又
有了轉變；一次，他對我說：「現在就盼著人人
都是肖長貴，每天都給我送醬油來呢。」

七、糖球

仍是1969年的一天，有一個人來長垣縣煙糖門市部買糖
球。他要買的這種糖球，一粒只有碗豆那麼大，一分錢
可買十一粒，通常人們一次只買幾分錢的，給小孩吃著
玩。這個人一開口就要買幾元錢的，而且，一定要這種小
糖球。售貨員盛荷花想：「這個人可能是不務正業的，用
這種小糖球，到鄉下換廢品，從中漁利。」想到此節，毛
主席關於「富裕農民中的資本主義傾向是嚴重的」這一教
導，響在了盛荷花的耳畔。她立刻意識到，這裡面有尖銳
複雜的階級鬥爭。

八、郵包

小林收到家裡寄來的一個郵包
裡面有三件打了補丁的舊衣
昨晚點名時，指導員當眾說小林
是艱苦樸素的榜樣。
小林得了表揚後，躺在床上
翻來覆去睡不著，那郵包裡
還有五個鹹鴨蛋呢，怎麼辦？
要不要說出真相？算了，
下次叫外婆不寄就行了
何必自己跳出來出醜呢。
這事我不說，沒人知道。
但指導員的一些話又響起了：
「我們是不怕苦、不怕死的戰士
艱苦樸素是我們的好作風。」
指導員現在還蓋著十五年前的棉被
身上穿的襯衣也是補丁重補丁。
而我初來農場時怕穿舊衣服、挑食
寫信向外婆要東西，
這次又寄來五個鹹鴨蛋……
小林越想越羞慚，難過得哭了
她決心把醜惡思想亮出來。
第二天班務會上，她把自己

一夜的思想苦鬥傾吐乾淨
大家為她鬥私批修[3.] 的勝利而激動
再次表示要向她學習。

九、一分鐘

讀到此處，請讀者不要介意，我又要寫到糞便了，奈何？
那曾經是一個全民積糞的年代，我們沒有辦法，
我們極需糞為了糧食、蔬菜和肉類……你看，這天午飯
後，小柳和小李（北京部隊某部十一連七班戰士）
便愜意地背著糞筐去拾糞。走之前，班長叫她們在
政治學習前趕回。天氣無常，剛剛還是秋晴，轉眼間
已是烏雲密布，暴風雨即將來臨。這時，二位女戰士
正拾了滿筐初秋的糞便乘著遊興往回走。雨開始
猛烈地下了，她們想找一個地方避雨，一看錶離
政治學習還剩二十分鐘。如果避雨，肯定不能準時
趕回。怎麼辦？她們想起了炊事班長王丙文，去年
野營時的一件事：當時吹風機壞了，王丙文到四十里外
的沙城去修。等修完後，最後一班汽車已經開走。
正巧又遇上一場大雨。王丙文背著吹風機，頂著
暴風雨，連夜趕回了野營地。想到這裡，她們還
溫習了毛主席「加強紀律性，革命無不勝」的教導，
於是決定立即趕回營地。在狂風暴雨中，她們
傾心地保護著糞便，艱難地往前走。當她們抵達時，
離開會僅剩一分鐘。

十、褲腳管

一日閒來無事，亂翻書，偶讀到1969年10月28日《光明日報》上一篇文章〈小事情裡的大文章〉（作者為解放軍六七六一部隊學生二連毛雪琴），頭二段尤其有趣（後面的生發無趣，略去），這便引來如下：

到農場後，我們來鍛煉的大學生每人發了一套舊軍裝。我拿起一看，喲，褲腳管又肥又大，這可怎麼能穿呀？可是同學們都穿了，我也只好套上。走在路上，我總覺得褲腳管透風，又覺得別人老注意我的褲子。一下工，我脫了下來，拿起針線改了起來。

沒想到這件事立刻引起了排長的注意。他問我：「小毛，你改軍褲啦？」我不以為然地說：「褲腳管太大了，穿在身上不像樣。」排長一聽，就接著說：「不像樣？咱們解放軍穿了幾十年沒覺得不像樣，你才穿了一天倒嫌它不像樣了？這裡有個思想感情的問題啊！」我聽了心裡一怔：這麼件小事中有這麼大的文章嗎？

這文章大小見人見智，這事情因果也可這可那，我不必在此多作什麼解釋，僅以最大的客觀之筆為讀者呈現出歷史之一斑。

注釋

1. 「革命委員會」是文化大革命期間中國各級政權的組織形式,簡稱「革委會」。1968年上海首先發起「一月風暴」奪權運動,由群眾組織奪取中共上海市委和上海市各級政府的權力,組織一個效法巴黎公社的大民主政權機構,由張春橋命名為上海人民公社,以後在毛澤東的支持下,全國各地效仿,紛紛奪權,各地組織的新政權名稱並不統一。毛澤東認為上海公社的名稱不好,發出了「最高指示」:「還是叫革命委員會好」,於是「革命委員會好」成為全國必須遵守的法律,全國各級政權,從省一級到工廠、學校,甚至農村的政權機構全部改名為革命委員會。

   革命委員會實行一元化方式,取消中國共產黨和政府的分別,合為一體,人員採取「三結合」方式,即包括有部分沒有被打倒的「革命幹部」,群眾組織代表,和「工宣隊」、「農宣隊」或部隊軍管代表組成(全稱為《工人(貧、下中農)毛澤東思想宣傳隊》,主要是進駐機關、學校和文化事業單位的工人、貧農、下中農的代表)。在這種機構中,幹部由於熟悉業務,一般負責日常業務,工農兵代表掌管大政方針,群眾組織代表維護本單位下層人員的利益。到了文化革命後期,工農兵代表逐漸撤出革命委員會。

   革命委員會的組織形式一直延續到20世紀80年代才撤銷。

2. 注意:此處的「毒」,不是目前廣告中那鋪天蓋地的「排毒養顏的毒」,即生理上的毒,而是專指當時的思想之毒或靈魂之毒,即一個人的私心之毒。

3. 「鬥私批修」是自「興無滅資」中延伸出來的,按《漢語大詞典》的解釋,「興無滅資」是「興無產階級思想,滅資產階級思想」的簡稱。而「鬥私」,自然是要鬥掉私心;「批修」,就是批判修正主義,批判資產階級。這兩個口號有個共同點,就是否定私人利益,否定私營經濟,而且十分堅決,容不得一絲馬虎。

   「興無滅資」口號出現較早,1950年代後期,資本主義工商業社會主義改造完成和「大躍進」運動興起之際,「興無滅資」流行到社會上。「鬥私批修」則是文革產物。1967年9月25日,《人民日報》報導說,毛主席最近視察了華北、中南和華東地區,沿途發表談話。他說,無產階級文化大革命形勢一片大好,兩派革命群眾組織要實現革命的大聯合,要團結幹部的大多數。他提出「要鬥私,批修。」這是「鬥私批

修」口號首次與廣大幹部群眾見面。10天之後，10月6日的《人民日報》發表社論〈「鬥私，批修」是無產階級文化大革命的根本方針〉。

六天後，12日的《人民日報》再度就「鬥私批修」發表社論〈全國都來辦毛澤東思想學習班〉，要求以「鬥私批修」為綱，普遍舉辦毛澤東思想學習班，把全國工廠、農村、機關、學校、部隊都辦成紅彤彤的毛澤東思想大學校。11月6日，《人民日報》、《紅旗》雜誌、《解放軍報》聯合發表編輯部文章〈沿著十月社會主義革命開闢的道路前進〉。這篇經過毛澤東仔細修改的重頭文章，根據「文革」實踐，概括出「無產階級專政下繼續革命的理論」，主要論點共六點。第六個論點就是：「無產階級文化大革命在思想領域中的根本綱領是『鬥私，批修』。」經過如此大規模、高規格的宣傳，「鬥私批修」在口號叢林中拔地而起，超越群倫，成為思想領域的綱領性口號。

毛並不僅僅讓人們像《聖經》要求的那樣「無私無利」。「私」這個詞既有「隱私的」，又有「自我的」意思，毛是在教導人們要與別人一致，不要獨出心裁。在新中國，沒有任何自然空間或心理空間留給個人，讓個人去思考真理。（R‧特里爾《毛澤東傳》）

4. 糞便對於中國的重要性，自古有之，遠的不說，且看晚清的情形：

　　什麼東西最好，同時又是最經濟實用的呢？這是中國人在很久以前就開始討論的問題，這東西就是糞便，古人們認為它是任何別的東西都無法比擬的好東西。後代們也贊同祖先的觀點，所以，直至今天糞便仍然是農民所用的肥料中最好的，因為它既物美又價廉。沒有糞便就沒有中國的今天，這一點是無庸置疑的，在貧困地區，土地相對貧瘠和低產，如果沒有糞便，許多地方就會荒蕪；許多家庭培養出了優秀的兒子，他們成了這個帝國的卓越的人士，如果沒有糞便，這些偉大人物也可能就被埋沒了。（〔英〕麥高溫：《中國人生活的明與暗》，時事出版社，1998年，第301頁）

課程表

剛從外單位調回北塢教書的王老師很興奮，
他用一個下午的時間，積自己二十多年
教學工作之經驗，排出了一張完美的課程表：
每天有政治課、語文課、算術課、農業課。
但紅小兵不滿意，認為頭都被搞暈了，而且
他們還把此事反映到大隊貧下中農管理學校
委員會那裡。管委會馬上敏感到這不是一張
普通的課程表，它表明在貧下中農奪得教育權
之後，是繼續走毛主席《五七指示》[1]的
光輝道路呢？還是回到修正主義教育老路的
大問題。同時，也暴露了我們對舊知識分子
進行再教育的薄弱環節。而改革舊的教育制度
是「文革」的重要任務。革委會主任在會上說：
「一張課程表的出現並不完全是壞事。它使我們
更深刻地認識到：思想領域裡的階級鬥爭是
長期的、曲折的、複雜的，特別是在舊學校
生活慣了的知識分子，受修正主義教育思想
影響很深，它會變換形式表現出來。」
王老師聽到這裡不禁驚出了一身冷汗。

注釋

1. 《五七指示》是指一九六六年五月七日毛澤東審閱軍委總後勤部《關於進一步搞好部隊副業生產的報告》後給林彪的信。五七指示全文如下：

　　　　人民解放軍應該是一個大學校。這個大學校，要學政治，學軍事，學文化，又能從事農副業生產，又能辦一些中小工廠，生產自己需要的若干產品和與國家等價交換的產品。這個大學校，又能從事群眾工作，參加工廠、農村的社會主義教育運動。

　　　　社會主義教育運動完了，隨時都有群眾工作可做，使軍民永遠打成一片。又要隨時參加批判資產階級的文化革命鬥爭。這樣，軍學、軍農、軍工、軍民這幾項都可以兼起來。當然，要調配適當，要有主有從，農、工、民三項，一個部隊只能講一項或兩項，不能同時都兼起來。這樣，幾百萬軍隊所起的作用就是很大的了。

　　　　工人以工為主，也要兼學軍事、政治、文化。也要搞社會主義教育運動，也要批判資產階級。在有條件的地方，也要從事農副業生產，例如大慶油田那樣。

　　　　公社農民以農為主（包括林、牧、副、漁），也要兼學軍事、政治、文化。在有條件的時候，也要由集體辦些小工廠，也要批判資產階級。

　　　　學生也是這樣，以學為主，兼學別樣，即不但學文，也要學工、學農、學軍，也要批判資產階級。學制要縮短，教育要革命，資產階級知識份子統治我們學校的現象，再也不能繼續下去了。

　　　　商業、服務行業、黨政機關工作人員，凡有條件的，也要這樣做。

赤腳醫生小像

赤腳醫生[1]好就好在有一個輕便的藥箱
裡面只有紅藥水、藍藥水、APC等
僅僅二十來種常用藥就夠了;
赤腳醫生好就好在「赤腳」二字,
它意味著永保勞動者的本色
意味著電影《春苗》[2]中田春苗那美麗的形象。

注釋

1.1968年9月,當時中國最具有政治影響力的《紅旗》雜誌發表了一篇題
為〈從「赤腳醫生」的成長看醫學教育革命的方向〉的文章,1968年
9月14日,《人民日報》刊載。隨後《文匯報》等各大報刊紛紛轉載。
「赤腳醫生」的名稱走向了全國。「赤腳醫生」是農村合作醫療制度的
產物,是農村社員對「半農半醫」衛生員的親切稱呼。合作醫療是隨著
新中國成立後農業互助合作化運動的興起而逐步發展起來的。

到1977年底,全國有85%的生產大隊實行了合作醫療,赤腳醫生數
量一度達到150多萬名。1985年1月25日,《人民日報》發表〈不再使用
「赤腳醫生」名稱,鞏固發展鄉村醫生隊伍〉一文,到此「赤腳醫生」
逐漸消失。根據2004年1月1日起實行的〈鄉村醫生從業管理條例〉,鄉
村醫生經過相應的註冊及培訓考試後,以正式的名義執照開業。赤腳醫
生的歷史自此結束了。

在鄉村裡,選拔赤腳醫生,一般是從以下三個條件來選的。一是從
醫學世家中挑選,二是從高中畢業生(略懂醫術病理)中挑選,三是從
一些上山下鄉的知識青年中挑選。選出之後,集中到縣衛生學校培訓三

至六個月，結業後回到鄉村便算是赤腳醫生了。鄉村裡的赤腳醫生，因沒受過系統的學習，醫學、病理等知識是比較低的，大病重病治不了，複雜的病更不用說了。赤腳醫生能解決的問題，通常是一些頭痛身熱，擦損外傷等小病而已。雖說是小病，但能治理能解決，也大大方便了鄉村民眾。

　　鄉村的赤腳醫生，醫術雖不高，但服務態度特別地好。他們常背著一個印有雞蛋般大的紅十字藥箱，穿著白大褂，挨家串戶走訪群眾。鄉村裡的小孩怕打針，赤腳醫生便會千方百計哄小孩，或是給他們講故事，或是為他們唱歌，有時甚至買一顆糖送給小孩，待小孩的注意力分散時，一針下去，還未等孩子「哇」的一聲哭叫，針又拔出來了。

2. 1965年，江南水鄉。朝陽公社湖濱大隊阿芳嫂的女兒小妹患了急性肺炎，被送到公社衛生院搶救，醫生錢濟仁對小妹見死不救，婦女隊長田春苗見此情景痛切地呼籲：這種狀況再也不能繼續下去了！正在這時，毛主席發出「把醫療衛生工作的重點放到農村去」的指示，公社黨委同意湖濱大隊黨支部派田春苗到公社衛生院去學醫。但田春苗卻遭到公社衛生院院長杜文傑和醫生錢濟仁的打擊和刁難。田春苗不畏打壓，在醫務工作者方明等的幫助下，勤奮學習。她目睹了患腰痛病的老貧農水昌伯受到錢濟仁的刁難，杜文傑又不准她和方明為水昌伯治病，田春苗憤然回到大隊。在黨支部和貧下中農的支持下，她辦起了衛生室，背著藥箱，為群眾服務。阿芳嫂的兒子得了急病，公社衛生院拒絕出診，並卡住田春苗的處方權，不准水昌伯取藥，田春苗連夜冒雨採來草藥，及時挽救了小龍的生命。在田春苗的影響和帶動下，公社許多大隊紛紛成立衛生室，培養自己的赤腳醫生。這些都遭到杜文傑的反對，他對田春苗施加種種壓力，並摘掉了衛生室的牌子，沒收了田春苗和公社赤腳醫生的藥箱。1966年夏天，「文化大革命」開始，杜文傑以名利為誘餌，辦起赤腳醫生集訓班，田春苗和赤腳醫生一起揭穿了杜文傑的陰謀，田春苗與方明等將水昌伯接進衛生院，用老石爺獻出的土方進行治療。水昌伯服藥後，原來麻木的雙腿突然劇痛起來，杜文傑借此大造輿論，誣衊田春苗和方明謀害貧農，企圖轉移人們的視線。田春苗走訪了老石爺，證實水昌伯的病是好轉的表現，而且需要加大藥的劑量。她不顧生命危險，試嘗含有毒性的加大劑量的草藥。這時錢濟仁妄圖暗中下毒謀害水昌伯，嫁禍於田春苗；杜文傑以搶救為名，調來救護車要把水昌伯劫走。

這些都被田春苗識破，杜文傑最後又利用職權禁止水昌伯繼續服藥，無理將藥碗砸碎。田春苗和群眾更看清了杜文傑的嘴臉，更堅定了把農村衛生事業辦好的信心。

　　該片產生於「文革」後期。由於國內多年缺少新的故事片，它的推出在全國產生了較大影響。它將對「赤腳醫生」這一「文革」中「新生事物」的歌頌與跟「走資派」作鬥爭的內容緊緊聯繫在一起，體現了「文革」時期藝術作品普遍具有的特點。

卷三

一九七〇年代

一瞥

他不是《山城棒棒軍》的棒棒[1.]

他是一位20世紀70年代的棒棒

這棒棒看上去有一些浪漫——

他熱愛自己的儀表

他暗讀政治經濟學

他正值青春，洋溢著理想……

當我第一次遇見他時

這異人讓我感覺到興奮

但又說不出他身上哪點非同凡響

哦，原來他崇拜金日成

難怪他走起路來像金日成首相

注釋

1. 詩中所寫的「棒棒」是指挑夫或搬運工，外國人叫coolie（苦力），此英文詞由中文的發音轉譯過去。有關「棒棒」的前身「苦力」，外國文人說得很多，也說得有趣，這裡特別選來毛姆（W·S·Maugham）〈做牛做馬〉一文，來看看這「苦力」模樣：

> 當你在路上看到挑著擔子的苦力時，最初看去，那形象頗為悅目。他穿一身破爛的藍褂子陪襯周圍的景色，那藍色斑斑駁駁，有靛青、青綠乃至乳白色天空的青灰，種種藍色畢具。他吃力地走在水田間狹窄的田坎上時，或登上綠茵茵的山坡時，看起來與景色配得恰到好處，十分

協調。他的衣著，不過一件短褂，一條褲子；即使他曾經有一套衣服，剛穿時是完整的，可是，到了要補的時候，他卻從未想到要選一塊顏色相同的布料來補。什麼湊手就用什麼。頭上戴一頂草帽遮陰擋雨，那草帽像一個滅燭器，邊兒寬得不近情理。

當你又看到一長溜苦力，肩上挑著擔子，擔子上一頭吊著個大包，一個接著一個走來時，他們也構成一幅宜人的畫面。看著他們映在水田中的倒影匆匆而過，很有意思。他們在你身邊走過時，你也會看看他們的臉。要是你腦子裡還沒想到灌進這種成見，認為東方人不可理解，你會說那些臉很善良、坦率；當你又看見他們在路邊土地廟旁的榕樹下，歇下擔子，高高興興地抽著煙閒聊，如果你試著挑過他們那副一天要挑三十多英里的擔子，對他們那樣的耐力和毅力，不由你不感到讚佩。可是，如果你向中國的老居民談到你對苦力的讚佩之情，他們會認為你有點荒唐。他們會寬容地聳聳肩告訴你，苦力就是牛馬，祖祖輩輩挑了兩千年擔子，因此，要是他們挑得輕鬆愉快，是不足為奇的。你自己也能看到他們的確從小就開始挑擔子，因為有時你會碰到肩上墊著肩墊、挑著沉重的菜籃子、搖搖晃晃地走過的孩子。

那天，時間不早了，天氣漸漸熱起來。苦力們脫下褂子，光著膀子趕路。有時，一個苦力暫時歇下擔子，但扁擔不離肩，因材施教不得不稍稍哈著腰，這時，你看到他身上那可憐的勞累的心臟在肋骨間跳動；那心跳，就像在醫院的門診室裡看到心臟病的某些病例一樣，看得清清楚楚，叫人特別難受。你在看看苦力的肩背，扁擔長年累月，日復一日地壓在肩上，已經壓出深紅色的印子，由於跟扁擔摩擦，有時甚至蹭破皮，傷口老大也不上藥包一下；可是，最令人驚奇的是，他們身上似乎出現畸形，在壓扁擔的地方往往像駱駝似的鼓起一塊，彷彿大自然有意要讓人類適應他所受的這種虐待似的。不管急劇的心跳、難忍的傷疼，也不管風雨交加、烈日炎炎，他們沒完沒了地走啊，走啊，年復一年，從早走到晚，從幼年走到生命的盡頭。你看看那些老頭，身上沒有一點脂肪，一身皮乾巴巴的，鬆鬆垮垮地蒙在那把骨頭上，小臉上滿是皺紋，像猿猴一樣，頭髮稀薄、斑白；他們挑著擔子，踉踉蹌蹌，快走進他們就要在那裡長眠的墳墓了。可是，苦力們仍然側著身子，邁著似跑非跑的快步，眼睛瞧著地上，選擇落腳的地方，臉上掛著緊張不安的神

色。他們這樣趕路時，你再也不能從中看出美妙的畫面了。他們的勞累使你感到壓抑。你心裡充滿了愛莫能助的同情。

在中國，人就是牛馬。

「一輩子受累受苦，匆匆地走完一生，而無法終止人生這一行程——豈不可歎？一輩子不停地勞動，在世時也未享受過勞動成果，便筋疲力盡，突然死去，自己也不知道會死在何方——這豈不正是令人感到悲哀的原因嗎？」

那位中國神秘主義者寫過這樣一段話。

（毛姆：《做牛做馬》，參見：《現代英國散文選》，
重慶出版社，1986年版，第151-153頁。）

有關對中國苦力的工作狀況（尤其是苦力在四川、重慶一帶的負荷狀況），更為詳盡的記述，可見莫里循（George Ernest Morrison）的忠實記錄。他在《中國風情》（國際文化出版公司，1998）一書，第89-90頁中，這樣寫道：

由於我們生活在西方文明的巨大優勢之中，因而幾乎意識不到我們的中國兄弟對世界所產生的巨大影響。在四川，以通常速度行進的苦力同主顧簽訂合同，挑運80斤（107磅），在崎嶇的山路上每天走40英里；而負重的苦力，所挑運的貨物遠比80斤要重，但每天所走的路程就要短些。杜·霍爾德先生說，那些挑運苦力負荷120斤（160磅），每天走10裡路（約為30哩）。那些被雇傭來搬運壓得緊緊的四川茶葉到西藏的苦力，從他們的出發點出發要爬上7000英尺高的大山。馮·里查湯芬先生說，雖然要爬這麼高的大山，仍然有一些苦力負荷324斤（432磅）出發往西藏，一包茶葉稱為pao，重量從11到18斤不等。貝培爾先生經常看到苦力負荷18包一大包的茶葉，偶爾也看到負荷22包一大包。換句話說，貝培爾先生經常看到一些背上背著400磅重茶葉的苦力。在這樣重的貨物下，苦力每天走6到7英里。吉爾先生說，揹運茶葉到西藏的苦力，所背的平均重量是240磅到264磅。吉爾先生還經常看到「背著120磅的小苦力」。1捆白布重55斤（731／3磅），每人平均負荷3捆。雖然鹽成塊狀，堅硬，像金屬那樣重，可是我仍然看到有苦力背著鹽包在山

路上從容地走著。而對於英國人來說，即使是一個身強力壯的，如果背著如此重的鹽包，從地上站起來都很困難。鹽、煤、銅、鋅和錫，平均每包重量是160多斤（200磅）。吉爾先生就看到一個苦力，肩扛著160多斤重的圓木，每天走10英里。駐重慶的英國領事告訴我說，從萬縣到成都搬運布的苦力，每人平均負荷的重量就是160多斤。

　　苦力之後，自然是棒棒，用這棒棒二字來說苦力，的確太過形象了。眾所周知，「棒棒」這個新詞的流行是因為一部曾在（至今仍在）重慶與四川熱播的電視連續劇《山城棒棒軍》。在重慶的大街小巷，人們四處可見這些手持棍棒的「棒棒」，他們或站或走，隨時聽候雇主的召喚，只要聽得一聲「棒棒」的呼叫，他們就迎上前去，迅速地開始了運輸工作，即肩挑背扛的勞作。這些「棒棒」全數來自農村，他們湧入重慶賣力氣，僅僅是為了討生活，如何討？按重慶人的形象說法，就是「在血盆裡抓飯吃」。那麼70年代的「棒棒」呢？當然，70年代還沒有「棒棒」這個詞；那時，我們叫這樣的人為搬運工（這是典型的毛澤東時代的辭彙，需知工人可是那個時代的第一階級哩；而挑夫卻是舊時用法）。本詩以「一瞥」來速描70年代「棒棒」的形象是有一番意思的。我的確認識幾位那個時代的「棒棒」，其中一位我曾在《水繪仙侶1642-1651：冒辟疆與董小宛》（東方出版社2008年版）一書第43頁有所展覽，在此抄錄一小段：「我的一戶鄰居，是一位小學教員，一直獨身帶一約8歲的小女兒生活。有一天，一個兩手空空的男人走入了她的生活。他是一位搬運工，有一副說得過去的身體及很深的感情。聽人家說他是一個剛被勞改釋放的政治犯，頗有些神秘。他與那女教師生活得非常沉默安靜。不久，這個女教師的肚子大了，她那搬運工丈夫，一下班回來就屋裡屋外地忙。當時我最歡喜看他在屋外鍋裡煎魚，手段是那樣細膩乾淨，又不說話，人很整肅，我似乎忘了他是一位搬運工。如今我寫《水繪仙侶》，才突然悟到，他那時可是熄滅了多少理想，只悄悄地並認真地與那女教師做一份人家呀。」這另一位就是《一瞥》中寫到的搬運工了，此人我更熟悉，他叫王宗毅。正如詩中所寫，他是一個愛讀書且有些浪漫的理想青年。由於出身不好（父親是歷史反革命），他不被允許讀大學，年紀輕輕就當了搬運工。一開始認識他時，我就覺得他身上有一種特別的味道，但又找不出這特別的原因，只是被他莫名其

妙地吸引。後來我的初中一年級同學顏其超告訴我，他最崇拜的人是金日成。再後來，我也專門問過他，為什麼喜歡金日成？他說金日成走路的樣子很好看，有美感。聽他這麼一說，我自然是豁然開朗。的確，他走路幾乎與金日成一模一樣：兩手朝後輕擺，肚子向前大方地挺起。當然，他沒有金日成那麼胖，但也不瘦，加上常年模仿，還真有些金日成的風度了。這位棒棒（姑且改一個口，不叫他搬運工了）也結了婚，老婆的美與之旗鼓相當，但二人吵架打架是常事，我就經常看見他臉上被指甲抓出的道道傷痕；但他又無所謂，工作之餘，仍像金日成那樣穩穩當當地走著，面貌也儘量在和平從容中顯出金日成的味道。

這首詩難懂嗎

1972年2月的一天，尼克森的專機飛抵北京

幾小時後，他就坐在了毛主席古色古香的書房裡

交談隨即展開，一直持續了十二個小時。期間，

毛主席寫了一首詩送給尼克森[1.]

這首詩難懂嗎？

它那超現實主義中的張力

其實很好懂，在此，我以六字作結：

感慨、憧憬、局限。

注釋

1. 毛主席這首詩出自R‧特里爾《毛澤東傳》（河北人民出版社，1991年5
   月版，第481頁），在這裡，特里爾說：「為歡迎尼克森的到來，毛贈寫
   了一首深奧難懂的詩。」原詩如下：

   老叟坐凳
   嫦娥奔月
   走馬觀花

教育與宣傳從一枚硬幣開始

一

一天下午，兩個小朋友來到人民銀行南京東路
第三儲蓄所的櫃檯旁，提出要換一枚五分幣
因為經過浙江路去為媽媽買醬菜時
它不小心掉入電車鐵軌被軋壞了。
營業員一邊說著要愛惜人民幣的話
一邊換給了小朋友五分幣。事後，經鑑別
發現這是一枚二分幣。大家開始議論紛紛：
三分錢差錯雖是小事，但小朋友從此變壞卻是大事
我們應該找到這兩個小朋友。去哪裡找呢？
南京路上小朋友成千上萬，而且又不知道他倆的名字。
接連幾天，儲蓄所的六位同志跑遍了附近的街道、
里弄、學校，接觸了六、七千個小學生；他們
並非單純為找人而找人，而是藉機做宣稱教育工作
與里弄幹部、學校教師和家長討論如何關心青少年
成長的問題。最後，銀行同志終於找到了這兩個小朋友
他倆手中竟然還有拾來的變形的硬幣。銀行同志
和家長趕緊對他們進行了道德教育。

二

除夕前，銀行櫃檯前擠得很，小孩更是來湊熱鬧
拿著「壓歲錢」[1.] 來調換新角票。按過去的慣例，
銀行總是可以滿足這需要的。但現在是1971年，
人人經過「文革」洗禮，思想覺悟大大提高；多數人
認為「壓歲錢」是「四舊」[2.] 的殘餘，早該剷除，
否則會腐蝕下一代健康成長；過春節應對孩子進行
革命傳統教育。最後大家達成共識：
不調換給孩子們新角票，要利用櫃檯優勢（因這裡
孩子多）積極宣傳社會主義新風尚。

三

孩子們總歡喜圍繞銀行轉，他們要求開戶，要求存錢。
而銀行本來就提倡儲蓄的，無論存多存少，也是
「相看兩不厭」。孩子們乘機蜂擁而來，存入一元或二元。
銀行又開始緊張，組織大討論。一些人說「小儲戶」
金額雖小，但積少存多，也是支援國家建設，當鼓勵；
另一些人說，節約、儲蓄總比浪費好，還可幫助兒童
培養艱苦樸素的好品德；還有些人說，一個小孩在經濟上
未獨立，就學習存錢，容易促使他不停地向家長要錢
養成不好的習慣，甚至會使他滋生私有觀念。而鬥私批修
的第一重點便是這「私」字。最後經慎重研究，
決定不接受小朋友的「小儲戶」存款。

注釋

1. 每逢春節，最高興的是孩子們，因為他們每人都能得到一份，甚至幾份壓歲錢。《成都年景竹枝詞》對這一習俗作過生動描述：「小子行禮說辭歲，長輩分他壓歲錢。一見簇新原辮子，磕頭領去喜連在。」關於壓歲錢，有一個流傳很廣的故事：古時有一身黑手白的小妖，名叫「祟」，每年除夕夜裡出來害人，它用手在熟睡的孩子頭上摸三下，孩子嚇得哭、發燒、說囈語，並從此染病。大人們後來想出辦法，就點亮燈火，圍住小孩不睡，稱為「守祟」。

   在嘉興府，有一管姓人家，夫妻倆老年得子，視為掌上明珠。到了除夕夜，他們怕「祟」來害孩子，就一直逗他玩，以免他瞌睡。孩子用紅紙包了八枚銅錢，拆開包上，包上又拆開，一直玩到筋疲力盡才睡，而包著的八枚銅錢就放在枕邊。夫妻倆不敢合眼，挨著孩子長夜守「祟」。半夜裡，一陣風吹開了房門，吹滅了燈火，黑矮小人「祟」用它的白手去摸小孩的頭時，孩子的枕邊迸發出一道閃光，「祟」急忙縮回手，尖叫著逃走了。很快，這件事在鄉里傳開了，大家也都學著在年夜飯後用紅紙包八枚銅錢，交給孩子放在枕邊。果然以後「祟」就再也不敢害小孩了。從此，壓歲錢的稱呼也隨之流行。

   《燕京歲時記》這樣記載過壓歲錢：「以彩繩穿錢，編著龍形，置於床腳，謂之壓歲錢。尊長之賜小兒者，亦謂壓歲錢。」到了明清時，壓歲錢大多用紅繩串著賜給孩子。民國以後，則變為用紅紙包錢。而且還有些講究，包一百文銅元，取「長命百歲」之意；包一枚大洋，取「一本萬利」之意。貨幣改為鈔票後，家長們也喜用號碼相聯的新鈔票賜給孩子，因為「聯」與「連」諧音，預示後代將「連連發財」、「連連高升」。

   壓歲錢的風俗源遠流長直到今日（「文革」稍有中斷），它代表了一種長輩對晚輩的祝福，它也是長輩送給孩子們的護身符，保佑孩子們在新的一年裡健康吉祥。

2. 1966年6月1日人民日報社論〈橫掃一切牛鬼蛇神〉，提出「破除幾千年來一切剝削階級所造成的毒害人民的舊思想、舊文化、舊風俗、舊習慣」的口號；後來〈十六條〉又明確規定「破四舊」、「立四新」是文革的重要目標。

「8‧18」毛澤東接見紅衛兵之後，由首都紅衛兵首倡，走上街頭破四舊。一時間，給街道、工廠、公社、老字型大小商店、學校改成「反修路」、「東風商店」、「紅衛戰校」等革命名稱，剪小褲腿、飛機頭、火箭鞋，揪鬥學者、文學家、藝術家、科學家等「資產階級反動學術權威」……暴力行為成風。行動的狂熱，使許多置身事外的學生參加到紅衛兵的行列。

新華社對此進行了連續的肯定性、歌頌性報導，人民日報發表社論〈好得很〉給予充分肯定（1966年8月23日）：「許多地方的名稱、商店的字型大小，服務行業的不少陳規陋習，仍然散發著封建主義、資本主義的腐朽氣息，毒化著人們的靈魂。廣大革命群眾，對這些實在不能再容忍了！」「千千萬萬『紅衛兵』舉起了鐵掃帚，在短短幾天之內，就把這些代表著剝削階級思想的許多名稱和風俗習慣，來了個大掃除。」

因此這股潮流迅速湧向全國，各地紅衛兵競相效仿：衝擊寺院、古蹟（包括山東曲阜的孔廟、孔林），搗毀神佛塑像、牌坊石碑，查抄、焚燒藏書、名家字畫，取消剪指甲、美容、摩面、潔齒等服務項目，停止銷售具有「資產階級生活方式」色彩的化妝品、仿古工藝品、花髮卡等商品，砸毀文物（海瑞墓、龍門石窟佛頭、善本圖書），燒戲裝、道具，勒令政協、民主黨派解散，抓人、揪鬥、抄家，從城市趕走牛鬼蛇神，禁止信徒宗教生活，強迫僧尼還俗……甚至打擂臺似的相互競賽，看誰的花樣翻新出彩。沒有受保護的文化遺產，沒有受保護的私人財產、私生活領域，沒有受保護的人身自由（連老人的鬍子都當成四舊來革除），破四舊成了踐踏法律、恣意妄為的絕對律令、通行證件、神符魔咒。

菜場夜市

「我們喜歡菜場的夜市」這是七十年代上海人的評價。
閘北區副食品公司李訪賢就說過：「到夜晚，你不妨
到菜場來看看：大批判專欄對面，在明亮的燈光下，
是一個多麼動人的場面啊！」二十四小時服務，
菜場徹夜不眠。[1]幻覺中，我們似乎來到了宋朝臨安
的夜市，那也是《夢梁錄》中十三卷的夜市：「杭城
大街，買賣晝夜不絕，夜交三四鼓，遊人始稀；
五鼓鐘鳴，賣早市者又開店矣。」如此循環往復，
恰似今朝的循環經濟但畢竟古臨安已逝，現目下的
夜市光景喚我回到今生今世：深夜下班的工人、
醫生和護士在清芬的菜場天真地挑選；農副產品
正源源不斷地運進了進來，開箱、開袋、卸貨；
有人問「完了嗎？」採購員隨喜答道：「早呢。今天
還有一千二百擔蠶豆要運來。」每個送菜人都有
一肚子農業學大寨的故事。他們會告訴你，大寨
精神已在江南水鄉開花，現在的上海人在冬天
也能吃到難得的薺菜與菠菜。菜場裡不僅僅賣菜，
工農兵顧客的菜刀鈍了，有人會利落地替你磨快；
菜籃子壞了，你可去修籃組整舊如新；附近老弱
病殘者買菜困難，營業員會每天把菜蔬、禽蛋、

肉類送上門去；如果你沒有帶菜籃，他們就主動
為你把菜捆得結結實實，或放入蒲包裡。夜市
正在落市（因早市即將開場），肉攤上的營業員
拿出刷刀把砧墩上的污垢刮除。這是在做衛生嗎？
可為何又把那污垢用紙小心地包起？你沒想到吧，
這些在過去或古代被扔掉的垃圾如今已變成了寶貴。
許許多多的垃圾都在被綜合利用，從工業廢水、
廢氣，甚至從這肉攤砧墩的污垢裡，我們提煉出
各種各樣的化學，當然也提煉出我們祖國的玄學。

注釋

1. 我對徹夜不眠的菜場可以說體會至深。我幼時雖未經歷夜市，但對早市
卻永誌不忘。從詩中可知，早市即夜市，此乃那個時代特有的晝夜不停
的循環經濟呀。古人說民以食為天，今人何嘗不是如此，且看夜市剛過
又迎來了早市。

　　記得讀小學時，我每日清晨上學必經過我家附近的牛角沱菜場早
市，印象最深的是冬日清晨，那早市燈火通明，在漆黑的夜空下，宛如
一個未來的新世界。我剛從暖和的被窩裡出來，在獨自走了幾分鐘寒冷
的夜路後，很快就置身於熱氣沸騰的菜場早市之中了。在那裡，我會繼
續流連二三分鐘，用五分錢買一個燒餅，驚奇地觀看清晨菜場喧鬧的買
賣人群，霧氣瀰漫的老虎灶旁的吃茶人，以及那總是濕漉漉的地面。然
後，我就翻山越嶺（需知重慶市中心也是山路起伏的），來到大田灣小
學校。到校時，仍然是曙色未明、濃霧繚繞，而上課鈴即將打響或已經
打響，灰暗的教室已點亮了刺目的日光燈，晨讀的音樂開始聲聲入耳，
我向教室衝去，但在這一剎那，不知為何，我總要最後再一次想起那霧
裡的明燈照亮的菜場早市，那些走來走去的買菜人，那些我還不能一一
叫出名字的菜蔬，當然還有那些我百吃不厭的燒餅以及我從未嚐過──
但我最想吃，由於大人們常說不能吃生食，而成為禁忌的──形態至美
的豆腐乾，或許──不，一定──就是這一切構成了我對菜場早市或夜

市最初的美的認識，推論之，即對那個素樸的幸福清晨的認識。如今寫這首上世紀七十年代的上海菜場夜市，又使我回到了昨日，回到了我7歲時所經歷的重慶菜場早市，這一切真是如夢如幻但親手可觸，在此特記一筆，以作歷史，也作見證。

工基課

我讀初中時，學校已取消了物理課與化學課；
改為工業基礎知識課和農業基礎知識課
（簡稱工基、農基）。顧名思義，工基、
農基的重點就是緊密聯繫生產實際。
譬如講量具一節，我們就運用工廠裡
常用的度量工具進行實際度量，而不像
以往物理課那樣，只講米、釐米等單位概念。
我們還學習電動機（一種當時農村普遍
使用的感應電動機）之接線方法、保養及
檢修等，以適應「三大革命運動」[1]的需要。
可惜我的動手能力、對機械的掌握能力實在是
太差了，因此常常覺得十分迷惘並且羞愧難當。
一年、二年的工基、農基就這麼過去了，
我的知識依然為零，只想到毛主席在
《西行漫記》中對斯諾所說：「在圖畫考試時，
我畫了一個橢圓形就算了事，說這是蛋。」

注釋

1.這裡所說的「三大革命運動」按中共歷史文獻解釋，應該指較近的一次
（前二次為：中國近代的太平天國、義和團、辛亥革命這三大革命運
動；解放初期的抗美援朝、土地革命、鎮壓反革命這三大革命運動），
即：階級鬥爭、生產鬥爭、科學實驗，這三大革命運動。

什麼，我是你兒呀

時下讀報，每讀到某老師打罵學生這類新聞，內心總免不了有一種百感雜存的感受，聯想到自己讀小學的情形。當時雖未蒙受老師的打罵，但也常被老師放學後留在辦公室裡，要麼罰站，要麼寫檢查。究其原因（至今我仍覺迷糊），也許（不！肯定）是我上課不專心，動來動去的，似乎坐不住吧。後來（長大後）去巴黎連續參觀了幾所小學，看見法國小學生上課時坐姿隨意，動來動去的，口中還吃糖果，不覺大為驚嚇，心想這在中國幾乎就是犯罪。中國老師若在中國目睹此「怪現狀」（當然絕不可能出現）必定怒火中燒、打將上來。

說了上面這段入話，在此宕開，這裡要反說一個學生如何戲弄一個老師的故事。我那時剛讀初中，印象裡老師依然個個凶猛，唯有一個河南籍的老師十分溫順。他常年穿一雙特製的大皮鞋，重達十斤；同學們問他為何如此，他說是為了鍛練身體。想到他面色蒼白、身體奇瘦，又戴一副深度近視眼鏡，的確該鍛練一下了。

一次他為我們上英語課，班上有一個外號叫「禍事」的學生，一直在下面說話，而且越講越大聲。英語老師實在忍不住了，就走到他桌前拍（不輕但絕不重）他的桌子，叫他安靜下來。「禍事」當場罵了一句：「錘子！」（四川

方言，指男性生殖器）英語老師似乎沒聽清，又大約聽清了，便尖聲喊道：「你罵什麼？你罵什麼？」「禍事」一副沉著老練的樣子，不緊不慢地說：「我罵我兒。」邊說邊搖頭晃腦的，眼睛並不看老師，望到一邊去，似乎他的兒子就在那邊。這一下英語老師的聲音更尖更高了：「什麼，我是你兒呀！我是你兒呀！」他本來有很重的河南口音，加上一急，聲音就特別怪，當堂引來一陣哄笑。學生們並非存心嘲笑老師，的確是由於他的口音，以及「我是你兒呀」這句話的感覺讓人忍不住要笑。突然，英語老師愣在那兒了，渾身發起抖來，接著便神經質地轉身離開了教室，邊走還邊說：「我是你兒呀，我是你兒呀。」學生們又是一陣哄笑，這次當然還是笑他用更重的河南話不停地說著的那句可笑的話，同時也在笑他那雙沉重的皮鞋，因為他的腳幾乎邁不開了，僅拖起一串碎步離開了教室，形象又有點像一個老太婆。

時間已過去三十四年了，前幾日，我在中學附近又看見了這位英語老師。他還是穿著那雙永遠的皮鞋（那鞋居然不會穿爛），抖著更細的碎步，由於沒戴眼鏡，頭徹底埋入一張報紙，邊看邊走……

決裂與扎根[1.]

我扎根於1975年夏天，
在重慶巴縣白市驛區
龍鳳公社公正大隊。
這根扎得不深亦不淺，
幻覺中我可能是
飄在那片天空的停雲，
也可能是在那兒
優遊山林的看雲人……
農活很輕：
我挖過地下過田挑過擔子，
可幾乎都想不起來了；
而另一些重卻讓我銘記：
聽風、聞草、登臨、呼吸，
醉臥夕陽；
我們一群「知青」
是那樣年輕——
豬肉和蔬菜呵；
冬夜油燈下
翻動的百科全書呵；
沒有苦悶，就無從決裂！

如果說「美是難的。」

那扎根之美更難。

注釋

1. 從這個題目一看便知，是說當年知識青年（簡稱知青）上山下鄉之事。
   如何決裂，又如何扎根，且看《人民日報》1974年1月5日這篇文章〈敢
   於同舊傳統觀念決裂的好青年〉：

> 編者按：這是下鄉知識青年柴春澤給他父親的復信，很值得一讀。
> 這封信，代表了我們的革命小將在思想領域裡向老將的挑戰：看誰敢於
> 同舊的傳統觀念實行最徹底的決裂！
>
> 柴春澤，還有千千萬萬的下鄉知識青年，堅決走毛主席指引的與工
> 農相結合的道路，扎根農村，建設農村，與輕視農村、輕視農業勞動的
> 舊思想、舊觀念，實行最徹底的決裂。我們的老將們，經受過革命鬥爭
> 的多次考驗，經過了黨的長期教育，在人民群眾中享有很高的威信，更
> 應該堅決地支持子女上山下鄉，扎根農村。我們願意看到更多的革命小
> 將向老將挑戰，也願意看到更多的革命老將接受小將的挑戰，帶領小將
> 沿著毛主席的革命路線前進！
>
> **知識青年柴春澤給他父親的信**
>
> 敬愛的爸爸：
>
> 您好，近來工作一定很忙吧！八月二十日來信已於八月三十一日上
> 午收到。爸爸，看完您這封信後，我心情不平靜的程度簡直無法形容。
> 在黨的培養教育下，在貧下中農的再教育下，特別是最近學習吳獻忠同
> 志先進思想和先進事蹟以來，我腦子裡所想到的是如何為共產主義在農
> 村廣闊天地奮鬥終生的問題。同是一個黨領導，同是一個陽光照，同在
> 農村幹革命，同奔共產主義大目標，吳獻忠做到的，我為什麼沒有做
> 到？作為一個共產黨員，我感到問心有愧。因此，我最近發下誓言：
>
> 向前看──共產主義金光閃。途無限，扎根農村爭取奮鬥六十年！

向前看——征途仍然有艱險。講路線，建設農村不獲勝利心不甘！向前看——世界風雲在變幻立大志——誓為全球紅遍決裂舊觀念。

爸爸，這是我發自內心的誓言，是我向敬愛的黨，向我們偉大領袖毛主席表達的真誠心願。

是黨的培養教育和貧下中農好老師的再教育，使我認識到：玉田皋這個地方是多麼不平常啊！在那戰火紛飛的戰爭年代，革命戰士曾在這裡把戰場擺開，為了解放千百萬勞苦大眾，為了消滅美蔣反動派，無數先烈在這裡壯烈犧牲。玉田皋大地是烈士鮮血換來的！

可現在玉田皋還沒有變大寨。我，做為貧下中農的後代，下鄉到這裡兩年來，並沒有為這裡大變快變做出大的貢獻，黨和人民在我剛剛邁出走與工農相結合道路第一步的時候，就給予了我很大的鞭策和信任，讓我先後出席了旗、盟、省團代會，出席省知識青年批林整風講用會，被選為旗團委委員，大隊團總支副書記，最近又加入了偉大、光榮、正確的中國共產黨。我怎樣才能對得起黨的培養、貧下中農的再教育呢？難道我還有什麼理由不應扎根農村、建設農村，把我的一切獻給敬愛的黨，獻給我國農村面貌的改變，獻給人類的解放事業嗎？

爸爸，您的意見，我很明白。但我仍然堅持我一年前向您彙報過的思想：即主觀願望是否同無產階級革命的客觀需要相符，相符是正確的思想路線，不符是錯誤的思想路線。進工廠，當工人，這一主觀願望同咱家的客觀情況來看，同我個人的客觀情況來看，站在個人利益的角度來說，好像是相符的。但是這同我們家和我個人真正的最根本的利益、最大利益卻是不相符的。這個最根本的利益是消滅私有制，決裂舊觀念。而這樣一個最根本利益則往往由於我們學習不夠而意識不到，認識不到。毛主席教導我們說：「馬克思列寧主義的基本原則，就是要使群眾認識自己的利益，並且團結起來，為自己的利益而奮鬥。」

爸爸，我個人理解毛主席講的「認識自己的利益」，正是指有利於消滅三大差別，消滅私有制，決裂舊觀念這一個根本利益。咱們家出身是貧下中農，咱們都是共產黨員，我們的根本利益就是消滅私有制，決裂舊觀念，而一切重工輕農，重城輕鄉，只顧個人利益的思想，都是建築在私有制基礎之上的。存在決定意識，正是如此。《共產黨宣言》指出：「共產主義革命就是同傳統的所有制關係實行最徹底的決裂；毫不奇怪，它在自己的發展進程中要同傳統的觀念實行最徹底的決裂。」

革命老前輩，抗日戰爭扛過槍，解放戰爭負過傷，有的抗美援朝還跨過鴨綠江，這只能說明過去，現在同樣必須堅持無產階級專政下繼續革命。而無產階級專政下的繼續革命，離不開消滅私有制，決裂舊觀念，違反了這一觀點，就是搞修正主義的開始。

爸爸，您同其他很多革命老前輩一樣，在戰爭年代同敵人鬥過，在槍林彈雨中衝過鋒，陷過陣，那時你們那樣幹，根本沒有想到自己家如何，甚至連自己的生命都置之度外，因而打下了今天的江山。可是，自然法則決定了老一輩革命家不可能直接去完成共產主義事業。我們這一代青年人要接你們這些革命老前輩的班，我們好與壞，關係到中國革命千秋萬代問題。一旦黨變修，國變色，我們還會有什麼家，甚至還會有什麼我們自己現在的政治地位？

爸爸，我現在百分之百地需要你對我進行扎根教育，我不同意你這拔根教育。

我的決心、想法已向爸爸您彙報了。在這封信裡我能這樣說，是我下鄉前辦不到的，甚至想都想不到這些，我要感謝黨，感謝貧下中農對我進行的再教育。我想，爸爸你作為中國共產黨的基層幹部，是不會生氣的，因為我們黨章上有「批評和自我批評」這一條。毛主席他老人家也是這樣教導我們的。請爸爸在百忙中一定回信。
此致
革命敬禮！

兒　春澤

一九七三年九月二日下午

調查附記

柴春澤，原是遼寧省赤峰市紅代會副主任。一九七一年中學畢業時，他在學校最先貼出大字報，申請到風沙大、路途遠、環境比較艱苦的翁牛特旗插隊落戶，鍛練成長。

到翁牛特旗玉田皋生產大隊半年多，青年點出現了一股「轉點風」，他的父親也動員他轉回赤峰縣。柴春澤感到這場鬥爭的激烈，更需要認真學習馬克思主義、列寧主義、毛澤東思想，堅持實行《共產黨

宣言》中指出的「兩個決裂」，堅持實行毛主席關於知識青年到農村去接受貧下中農再教育的偉大教導。他給父親回信說：「爸爸，我是響應毛主席的指示來到農村的，您是一個具有二十七年黨齡的共產黨員，我建議您考慮一下您的意見是否符合黨的利益。」不久，父親來信做了自我批評，支持兒子扎根農村的決心。柴春澤感到很高興，在農村幹得更加出色了。

去年六月，柴春澤光榮地加入了中國共產黨，並擔任了大隊黨支部副書記、公社黨委副書記。八月三十一日，他突然接到父親的一封來信，告訴他現在有一個招工的機會，一定不要錯過。他很不平靜，覺得父親思想上的反覆，在一些家長中間很有代表性，便把父親的信和自己寫的復信在青年點拿出來公開討論，鼓舞了戰友們扎根農村幹革命的雄心壯志。他父親收到這封復信後，又受到很大教育，承認原來的想法是錯誤的，但因公出差，沒有來得及回信，便囑咐柴春澤的弟弟、妹妹向哥哥學習，並讓柴春澤的母親把他的想法告訴了春澤。

柴春澤所以有這樣高的路線覺悟，敢於向舊的傳統觀念實行徹底的決裂，是由於他在黨的領導下，能夠虛心接受貧下中農的再教育，積極參加農村三大革命運動，堅持認真看書學習，努力改造世界觀。下鄉兩年來，他聯繫自己的思想實際，學習了五遍《共產黨宣言》，通讀了《毛澤東選集》四卷，學習了《法蘭西內戰》、《自然辯證法》、《國家與革命》、《無產階級革命和叛徒考茨基》，選學了《反杜林論》、《唯物主義和經驗批判主義》的有關章節，寫了許多接受貧下中農再教育的體會和學習心得筆記。

(原載一九七四年一月五日《人民日報》)

然而，時過境遷，1978年4月，柴春澤卻鋃鐺入獄。一年後才得以平反出獄。接著他回到城裡當了一名普通的建築工人。後又「與時俱進」，考上了電視大學，畢業後被內蒙古廣播電視大學赤峰分校留校任教。生活平淡真實、家庭樸素安康，早年的燦爛終歸於平凡。另，韓東有一部小說，名叫《扎根》，可說是對那個時代最好的文學性紀錄，非常值得一讀。而食指的〈這是四點零八分的北京〉卻是又一曲動人的知識青年懷鄉之歌。此外，不僅毛澤東對知識青年「上山下鄉」說過：

「廣闊天地，大有作為」的豪邁之語，連李大釗也在1927年說過一番非常詩性的話：「我們應該到田野去工作，那樣，文化的氣氛將與鄉村的樹蔭和炊煙融合在一起。」（轉引自R·特里爾《毛澤東傳》第110頁）正如本詩中所說的那樣，我在農村時感到的只有美，後來我還在許多場合下說過，知青生活是我人生中最美也是最幸福的時期。然而，沒想到詩人布羅茨基竟也有同感，他在關於他流放（按：指下放去農村）的回憶中說：這是「我一生中最好的時期之一。沒有比它更糟的時候，但比它更好的時期似乎也沒有。」（轉引自列夫·洛謝夫：《布羅茨基傳》，東方出版社，2009年，第121頁）

女建築工

當黨組織和老工人把泥刀、大鏟交給我們時，
我們就登上六層高樓的腳手架——
做牆、粉刷、蓋瓦、定模……
現在我們是年輕的——女泥工、
鋼筋工、混凝土工、木工
掌握了應有盡有的專業與技術
正為社會主義建築發揮「半邊天」的作用。

女獸醫

有人說婦女不應該學獸醫，

朝陽農學院「社來社去」[1.]

女大學生蘇景華生氣了：

新中國的婦女能駕飛機上天，

能開輪船出海，

能當拖拉機手，

怎麼就不能學獸醫呢？

她邊學習獸醫知識，邊狠批《女兒經》。[2.]

在校期間，蘇景華就治好了病豬二百多頭

大畜牲（如牛等）一百多頭，

閹豬一百五十多頭。

注釋

1. 指當時的一種辦大學的制度，學制一般為三年，也有僅學一年、二年的
不等；大學生全由貧下中農推選，學生來自當地農村的農民；畢業後
又返回農村，即學生皆從公社出來又回到公社去，為此得名「社來社
去」。

2. 《女兒經》大約成書於明朝，作者已不能確考。明清之間，經過不斷增
刪修訂，形成了多種版本，內容也不盡相同。

　　《女兒經》是中國古代對女子進行思想道德的教材，裡面自然少不
了封建社會對女子的壓迫，比如三從四德等；但排除其中的糟粕，《女
兒經》有些內容還是值得肯定和讚揚的，又比如在為人、處事、治家等

方面，它提倡敬老愛幼、勤儉節約、珍惜糧食、講究衛生、嚴於律己、寬以待人、舉止得體、注意禮貌……這些東西直到今天仍然是值得學習和提倡的。

在文革時期，《女兒經》曾作為舊社會壓迫婦女的典型文本，遭到了廣泛的批判。

目前留傳最廣的《女兒經》版本如下：

女兒經，仔細聽，早早起，出閨門，燒茶湯，敬雙親，勤梳洗，愛乾淨，
學針線，莫懶身，父母罵，莫做聲，哥嫂前，請教訓，火燭事，要小心，
穿衣裳，舊如新，做茶飯，要潔淨，凡笑語，莫高聲，人傳話，不要聽，
出嫁後，公姑敬，丈夫窮，莫生瞋，夫子貴，莫驕矜，出仕日，勸清政，
撫百姓，勸寬仁，我家富，莫欺貧，借物件，就奉承，應他急，感我情，
積陰德，貽子孫，夫婦和，家道成，妯娌們，要孝順，鄰居人，不可輕，
親戚來，把茶烹，尊長至，要親敬，粗細茶，要鮮明，公婆言，莫記恨，
丈夫說，莫使性，整餚饌，求豐盛，著醬醋，要調勻，用器物，洗潔淨，
都說好，賢慧人，夫君話，就順應，不是處，也要禁，事公姑，如捧盈，
修己身，如履冰，些小事，莫出門，坐起時，要端正，舉止時，切莫輕，
衝撞我，只在心，分尊我，固當敬，分卑我，也莫陵，守淡薄，安本分，
他家富，莫眼熱，行嫉妒，損了心，勤治家，過光陰，不伶俐，被人論，
若行路，姊在前，妹在後，若飲酒，姆居左，妯居右，公婆在，側邊從，
慢開口，勿胡言，齊捧杯，勿先嘗，即能飲，莫儘量，沉醉後，恐顛狂，
一失禮，便被談，餚面物，先奉上，骨投地，禮所嚴，動匙箸，忌聲響，
出席時，隨尊長，客進門，緩緩行，急趨走，恐跌傾，遇生人，就轉身，
洗鍾盞，輕輕頓，壇和罐，緊緊封，公姑病，當慇勤，丈夫病，要溫存，
爺娘病，時時問，姑兒小，莫見盡，叔兒幼，莫理論，裡有言，莫外說，
外有言，莫內傳，勤紡織，縫衣裳，烹五味，勿先嚐，造酒漿，我當然，
無是非，是賢良，姆嬬事，決莫言，若聞知，兩參商，伯叔話，休要管，
勿唧唧，道短長，孩童鬧，規己子，是與非，甚勿理，略不遜，訟自起，
公差到，悔則遲，裡長到，不可瞋，留飲酒，是人情，早完糧，得安寧，
些小利，莫見盡，論彼此，俗了人，學大方，人自稱，曬東西，也莫輕，
穢汙衣，尋避靜，恐人見，起非論，他罵我，我不聽，不回言，人自評，
升斗上，要公平，買物件，莫虧人，夫君怒，說比論，好言勸，解愁悶，

夫罵人，莫齊逞，或不是，陪小心，縱懷憾，看你情，禍自消，福自生，
有兒女，不可輕，撫育大，繼宗承，或耕耘，教勤謹，或讀書，莫鄙吝，
倘是女，嚴閨門，訓禮義，教孝語，能針業，方成人，衣服破，縫幾針，
鞋襪破，被人論，是不是，自己尋，為人母，所當慎，奴婢們，也是人，
飲食類，一般平，不是處，且寬忍，十分刻，異心生，若太寬，便不遜，
最難養，是小人，再叮嚀，更警心，妯娌多，都一心，本等話，莫生瞋，
同茶飯，莫吵分，一鬧嚷，四鄰聽，任會說，非為能，吵家的，個個論，
公姑鬧，不安寧，各自居，也要命，命不遇，只是貧，那時節，才理論，
這等事，當自忖，管家娘，更須聽，趕捉牲，莫紛紛，動宰割，忌刀聲，
親鍋廚，休錚錚，最不孝，斬先脈，夫無嗣，勸娶妾，繼宗祀，最為切，
遵三從，行四德，習禮義，難盡說，看古人，多賢德，宜以之，為法則。

女老師

有些人說她們只懂得一鋤頭三鐵塔，

只會「修地球」（指挖土）豈敢走上大學講臺？

另一些人卻說：好極了！弄懂鋤頭與鐵塔

就掌握了社會主義農業大學的基本功

一鋤頭可挖除舊大學的「溫室裡育種」

一鐵塔可砸碎教授們的「黑板上種田」

而「修地球」正是她們的全部意義：

晝夜不停地翻新或剷除舊社會的土壤

使資產階級只有一條路可走——死亡！

有些事總是逼迫我想

已經過去好多年了，「有些事總是逼迫我想，
為什麼人們要嘲笑我嫁了一個農民？」
白啟嫻一邊追問，一邊回憶……
那是1968年12月，我剛從河北師範大學畢業，
去了滄縣閻村公社相國莊大隊落戶，
為了把根扎得更牢，一年後我與一個普通農民結了婚。
沒想到，一時間，議論紛紜。有的說：「一個北京生、
北京長的大學畢業生，嫁個莊稼漢，真可惜。」
有的說：「沒遠見、沒志氣、沒出息。」
有的說：「她是個大傻瓜，缺一竅。」
就連我的父母也想不通，說我這輩子算是完了。
還有人嫌我土氣，連我的小孩也遭殃，人們叫他
「小土包子」。就這樣，我在白眼中生活，
到1971年2月，組織分配我去公社教書。
幾年來我忠誠於黨的教育事業，埋頭苦幹，
但白眼和譏諷卻有增無減。一次，學校給教師
分發鋪炕的乾草，有一位教師硬說分配不公，
當場罵街。我實在看不下去，就對此事
直率地發表了意見。這位教師轉過來就罵我：

「你不覺醜，你落這個下場，全縣都知道，
你不覺醜！」一聽便知，這又是指我嫁農民的事。
為什麼嫁農民就醜？而嫁工人、幹部就光彩？
我一連幾天都在想這件事，吃不下飯，睡不好覺
就這麼一個勁地想呀，這些事總是逼迫我想⋯⋯

王大媽與《資本論》

　　七十年代中後期，全中國突然出現了一股強勁的學習馬列理論的熱潮；工人、農民、士兵、學生、社會閒人等，不分男女，無不每日捧讀《共產黨宣言》、《反杜林論》、《哥達綱領批判》、《國家與革命》……更有甚者，那就是啃讀艱深的《資本論》。我當時正讀高中，班上有位沉鬱的女生就成天專研《資本論》，引來無數男生的崇拜。但我還認識更厲害的人物，且看下面：

重慶棉紡廠的老工人王大媽，年近五十，文化又低
但讀《資本論》卻幹勁沖天，許多年輕人都比不上
她；同時，她還是廠裡理論研究小組成員，雖年紀
最老但用功最勤；一年四季，無論節假日或週末
晚上她都在廠裡圖書館讀書，直到閉館人催她離開。

她為何對馬列有如此深的熱愛？據她說是出於對
舊社會的恨：8歲當童養媳，13歲做童工，又沒錢
讀書，怎一個慘字了得。解放後，上了夜校，認了
字，從此有了強烈的翻身感；後來「階級鬥爭」、
「路線鬥爭」又來了，這使她意識到理論上的盲人

識別不了政治上的騙子；要幹革命，必須精通馬列
主義、毛澤東思想。為此，她決定強攻《資本論》。

理論學習談何容易，王大媽首先碰到了哲學的困難
加上記性差、工作忙，但一想到自己的重任和使命，
她就拚了命地硬上蠻幹。平時學習，別人學一遍，
她就學三遍、五遍，甚至幾十遍；每學一點就寫筆記，
幾年下來，她就這麼一筆一劃地寫了三十多萬的讀書筆記。

在學習《所謂原始積累》這一章時，王大媽對英國
搞圈地運動，老婦人被活活燒死，農民流離失所等
慘況十分憤怒，同時還聯想了自己過去所受的苦難。
就這樣，她通讀完了《資本論》並多次在廠裡作
讀書報告，還登上大學講臺為工農兵大學生講解
為什麼商品制度、貨幣交換的存在是滋生修正主義
的土壤？而為搞懂這個問題，她還另外閱讀了
《雇傭勞動與資本》等書。

總之，隨著對《資本論》的深入，王大媽的理論
視野開闊了，問題意識更強了。譬如為了研究
在無產階級專政下如何限制資產階級法權的問題，
她就會學習《聯共（布）黨史簡明教程》，重點
研讀列寧是怎樣為限制資產階級法權而鬥爭的。
歲月無情，一晃又是三十多年；寫到這裡，自然
想起了王大媽，當此八十多的高齡，你是否還在
研讀《資本論》？

糖果問題

「請吃糖，請吃糖」上海棉紡廠的一位老師傅正在
分發糖果為他的獨生女兒從農村回到上海來
工作這件事慶賀。但卻引起了周師傅的警覺，
他把已剝開糖紙的糖果迅速包好，心想：
孩子回上海工作是「喜事」，要發糖；孩子去
插隊落戶時為什麼不發糖？說白了，即為什麼
下鄉不發糖，回城就發糖呢？看來這糖果裡面
有大問題，再說白了，就是瞧不起農村，頭腦中
有重工輕農的思想，而且認為下鄉是走下坡路，
是「變相勞改」……一連串的問題在周師傅的
內心翻騰。對，這糖不能吃！當周師傅把他的
看法告訴大家後，大家全都自覺地把糖退還
給了發糖人，並表示應聽毛主席的話，
認真教育子女，扎根農村不回頭。

八小員

在批林批孔[1]運動中，吉林省集安縣通溝小學
湧現出「八小員」[2]，他們各司其職如下：
學習儒法鬥爭史時，小故事員編講了《孔老二
殺少正卯》以及勞動人民反孔鬥爭故事。批判
《三字經》時，小輔導員組織同學學習毛主席
關於階級鬥爭的語錄，狠批「學而優則仕」。
小演員編演了對口詞《痛批三字經》。小兒歌員
創作了一些革命兒歌。批判林彪資產階級軍事路線時
小板報員及時辦出牆報，勇批林彪破壞遼沈戰役的罪行。
支農勞動中，「八小員」齊上陣，在田間地頭又批林彪、
孔老二，激發大家猛烈投入修水平梯田的生產之中。

注釋

1. 1973年7月，毛澤東在對王洪文、張春橋的談話中指出，林彪同國民黨
   一樣，都是「尊孔反法」的。他認為，法家在歷史上是向前進的，儒家
   是開倒車的。毛澤東把批林和批孔聯繫起來，目的是為防止所謂「復辟
   倒退」，防止否定「文化大革命」。江青一夥接過毛澤東提出的這個口
   號，經過密謀策劃，提出開展所謂「批林批孔」運動，把矛頭指向周恩
   來。1974年1月18日，毛澤東批准王洪文、江青的要求，由黨中央轉發
   江青主持選編的《林彪與孔孟之道》，「批林批孔」運動遂在全國開展
   起來。這個運動從1974年年初至同年6月，歷時半年左右。在這期間，

江青一夥借「批林批孔」之機，到處煽風點火，大搞「影射史學」，批所謂「現代的儒」、「黨內的大儒」，露骨地攻擊周恩來；他們借批林彪「克己復禮」，影射周恩來1972年以來進行的調整工作是「復辟倒退」、「右傾回潮」；他們還極力吹捧「女皇」，為其反周「組閣」陰謀大造輿論。這次「批林批孔」運動，不但在歷史研究領域和社會倫理道德方面造成混亂，搞亂了人們的思想，而且在江青一夥煽動的所謂「反潮流」的衝擊下，使周恩來主持中央日常工作以來出現的各方面工作好轉的局面又遭到挫折。

還記得當時我所在的學校，重慶市外國語學校，組織批判林彪書寫的幾行字：「悠悠萬事，唯此為大，克己復禮。」而其中重點批判的關鍵字就是「克己復禮」，但又不甚理解其含義，只覺得這詞有一種暗淡的邪惡，很巫術，令人毛骨悚然，而且由於反覆批判，也覺得這幾個字樣子很不好看。

後來學習了孔子書，才終於明白了「克己復禮」意思，它其實是一種道德修養的方式。「克己」就是克制和約束自己的言行，「復禮」就是指自己的言行必須符合原則。而「禮」是社會已存在的一系列道德規範和行為準則。顏淵問仁。子曰：「克己復禮為仁。一日克己復禮，天下歸仁焉。」這就是說，「仁」是一切禮儀制度的核心，或者說禮儀制度是按仁的原則建立的，因此通過復禮，「歸仁」才能實現。

2.「八小員」指：小輔導員、小宣傳員、小故事員、小評論員、小兒歌員、小壁報員、小演員、小圖書員。

蝦子的事

北京西四副食品商場職工徐冠民一次買了一角錢的蝦子回家，
第二天，她看見一個顧客也買了一角錢的蝦子，但份量卻比
自己買的那包少多了。不對呀，她想：明天得把家裡那包
拿回來再秤秤。結果一秤，徐冠民這包蝦子應值七角五分錢。
她立刻將此事向黨支部作了彙報。原來，賣蝦子給她的那個
售貨員資產階級思想很嚴重，常借職務之便拉個人關係。[1]
接下來，對那個售貨員開了批判會。但也有人說小徐是傻瓜，
不領人情，還得罪人。小徐回答得乾脆：「蝦子是國家的，
拿人民的財產送人情，這是資產階級那一套。」隨後，
按照規定價格，小徐又補交了六角五分錢。

注釋

1. 這是一件發生在三十四年前的事了，其中批判的不精確性，也無可厚
   非。如今，我們當然很清楚：一個人如果資產階級思想嚴重，那他就絕
   不會借職務之便拉關係，更不可能拿人民的財產送人情。恐怕只有另外
   的思想之人才會這樣做吧。

語文考試題

1975年，上海育才路小學學生
為自己的語文考試出了一個命題：
為什麼說西郊公園展出我國自己捕的大象，
是對林彪、孔老二的有力批判？
教師一聽覺得很好，就組織學生討論。

兩代獸醫

陳景芝是隊裡的老獸醫，他有個兒子陳世忠，
中學一畢業就跟他學獸醫，學了兩年，無甚長進。
後來小陳去五七大學學了半年，回來簡直變了個人。
一次，有頭豬得了腸梗阻，小陳確診後用灌鹽水治療，
方法簡易奏效，不到兩小時豬就好了。其手段之利索，
看得老陳直發愣。不久，老陳也拚著六十的高齡
去了五七大學，像個小學生似的，學得很認真。
他還特別學了毛主席關於發展養豬事業的一封信，[1.]
從此端正了對豬的態度，再不像從前那樣只重馬、
輕牛、忽視羊、不管豬。他畢業回隊的第三天，
有一家貧農的母豬產豬崽後得了脫肛症，趴在地上
起不來，三天不吃東西，十四隻小豬餓得吱吱
亂叫。老陳走進豬圈，拿起膠管漏斗就為母豬洗腸，
母豬腸內的積糞噴灑在他的臉上身上。他也顧不上了，
趕緊給母豬捏血水、縫裂口，足足忙了三個小時。
小陳趕到時，只看了老陳後半段的操作，場面
驚心動魄且又令人眼花繚亂，不覺也呆在那裡了。

注釋

1.1959年10月31日毛澤東寫下了〈關於發展養豬業的一封信〉：

此件很好，請在新華社內部參考發表。看來，養豬業必須有一個大發展。除少數禁豬的民族以外，全國都應當仿照河北省吳橋縣、王謙寺人民公社的辦法辦理。在吳橋縣，集資容易，政策正確，幹勁甚高，發展很快。關鍵在於一個很大的幹勁。拖拖踏踏，困難重重，這也不可能，那也辦不到，這些都是懦夫和懶漢的世界觀，半點馬克思列寧主義的雄心壯志都沒有，這些人離一個真正的共產主義者的風格大約還有十萬八千里。我勸這些同志好好地想一想，將不正確的世界觀改過來。我建議，共產黨的省委（市委，自治區黨委），地委，縣委，公社黨委，以及管理區，生產隊，生產小隊的黨組織，將養豬業，養牛養羊養驢養馬養雞養鴨養鵝養兔等項事業，認真地考慮、研究、計劃和採取具體措施，並且組織一個畜牧業家禽業的委員會或者小組，以三人、五人至九人組成，以一位對於此事有幹勁、有腦筋、而又善於辦事的同志充當委員會或小組的領導責任。就是說，派一個強有力的人去領導。大搞飼料生產。有各種精粗飼料。看來包穀是飼料之王。美國就是這樣辦的。蘇聯現在也已開始大辦。中國的河北省吳橋縣，也已在開始辦了，使人看了極為高興。各地公社養豬不亞於吳橋的，一定還有很多。全國都應大辦而特辦。要把此事看得和糧食同等重要。看得和人吃的大米、小麥、小米等主糧同等重要，把包穀升到主糧的地位。有人建議把豬升到六畜之首，不是「馬、牛、羊、雞、犬、豕（豕即豬）」，而是「豬、牛、羊、馬、雞、犬」。我舉雙手贊成，豬占首要地位，實在天公地道。蘇聯偉大土壤學家和農學家威廉氏強調地說，農、林、牧三者互相依賴，缺一不可，要把三者放在同等地位。這是完全正確的。我認為農、林業是發展畜牧業的祖宗，畜牧業是農、林的兒子。然後，畜牧業又是農、林業（主要是農業）的祖宗，農、林業又變為兒子了。這就是三者平衡地互相依賴的道理。美國的種植業與畜牧業並重。我國也一定要走這條路線，因為這是證實了確有成效的科學經驗。我國的肥料來源第一是養豬及大牲畜。一人一豬，一畝一豬，如果能辦到了，肥料的主要來源就解決了。這是有機化學肥料，比無機化學肥料優勝十倍。一頭豬就是一個小型有機化肥工廠。而且豬又有肉，又有鬃，又有皮，又有

骨，又有內臟（可以作製藥原料），我們何樂而不為呢？肥料是植物的糧食，植物是動物的糧食，動物是人類的糧食。由此觀之，大養特養其豬，以及其他牲畜，肯定是有道理的。以一個至兩個五年計劃完成這個光榮而偉大的任務，看來是有可能的。用機械裝備農業，是農、林、牧三結合大發展的決定性條件。今年已經成立了農業機械部，農業機械化的實現，看來為期不遠了。

江青的兩件事

一

1974年6月的一天，江青來到天津小靳莊，她
手裡拿著一頂草帽，對旁邊的一個同志說：「我這個
草帽是在延安開荒時戴的，戴著它開了半年荒。」
江青說到這裡就把這個草帽送給了這個同志，並補充了
一句：「這頂草帽好多人跟我要，我都沒捨得給。」

二

1975年9月，江青又來到大寨。這天，她登臨了虎頭山。
在山頂，她唱了一首〈賀新郎〉；而且特別反覆唱了
這二句：「天意從來高難問，況人情易老悲難訴。」

姚文元的居所

姚文元全家五口人。1973年之前住六十多間房子。
1973年喬遷至北京市第八中學校隔壁一個大院，
共有房屋一百二十五間。姚文元一家剛一搬來，
就要求拆除三十多米的後圍牆，重新加高，
並在最頂端安上鐵絲網。在這最後三年的光景裡
（之後姚文元作為「四人幫」中的一員被捕入獄），
出於對居所完美度的追求，姚文元在院內大搞裝修三次，
花費為十三萬八千多元；小修更是不可枚數，
那是一個文人的雅好：不厭其煩地對細節的推敲。
他有含而不露的一面，譬如他就告訴建築工人：
「外面修得一般就可以了，裡面一定要修得好。」
他對氣味很敏感，冬天取暖時，鍋爐燒煤有味，
他就改燒輕柴油，每日需二百元，一個冬季共需
二萬八千多元。他對一家人幽靜的生活很愛護，
當日夜保衛他的警衛戰士提出在前院（還有中院、後院）
貯藏白菜時，他沒有允許，叫他們去隔壁中學
一個排球場挖菜窖。他最渴望的事是安靜，絕對安靜。
為此，隔壁中學的師生不能在鄰近姚家的小操場上
做廣播體操；幾百米外的大操場上，鼓號隊也不能練習；
校辦工廠的電鋸更不能隨便開動。一次托兒所的門壞了，

需要修理，剛釘了幾個釘子，就因太吵而被禁止。
（這讓我想到芥川龍之介，任何細微的聲音
都會令他吃驚）但他神經纖細的程度遠勝過
芥川，當一位女教師早晨路過他家門口時
咳嗽了幾聲，立即被制止；另一位女教師
在他門前站了站，同樣被制止。一次，
姚文元的汽車從胡同開過，有位同學好奇地
歪著頭看了一眼，公安部馬上介入，要學校對
學生進行「非禮勿視」的教育。一個學生放學
回家，邊走邊踢一塊石子，不當心踢到姚家
大門上，立即通知學校處理，直到學生和
黨支部都做了檢查、道了歉，才算平安無事。
一位女教師的八歲男孩拿根木棍邊走邊在
姚家牆上劃著玩，被認為在刻畫什麼記號，
要追查這孩子家庭的三代。一個青年教師在
姚家隔壁小操場上扔木頭手榴彈，由於勁大
力猛，扔進了姚家院中，這可是晴天霹靂的大禍，
這教師的祖宗五代及所有社會關係都得被徹查。
1976年9月9日，毛主席逝世了，隔壁學校播放哀樂，
姚文元仍然非常害怕聲音，竟一定要學校停止播放。

附錄　歷史話語的詩體轉述與考據癖
——對柏樺《史記：1950-1976》的解讀

一、並非題外

2008年初，我曾經作為一名槍手（通常所說的自由撰稿人）被某文化局叫去編寫一本中華人民共和國成立六十周年的獻禮書。本來，我對這一類的書籍從來都缺乏興趣，更何況，根據那個文化局長的意思，書籍的內容必須限定在建國以來發生在本市的一系列重大事件。我想了一下，所謂的重大事件，其實各種五顏六色的志書上都有，而且通常都記載得十分詳細，儘管那些記載並不總是像志書的封面那樣引人入勝。我覺得這並不是一件難事，反正當時在家閒著，又暫時無事可做，於是就答應下來了。

很快，我就拉出了十幾萬字的初稿。我採用的是一種投機取巧、但通常也是十分有效的辦法，即採用了《劍橋中國史》所慣用的那種大歷史的敘事框架，從結構到語言，都好像是出自那個權威的編委會的某個成員之手（區別於文史館的那些老朽）。我把稿子給那個文化局長（他被一位朋友戲稱為「全國最有文化的縣級文化局長」），結果他看過後，並不如我事先想像的那樣露出一種在完成某件事情後的表情（在他那個級別上的官員身上通常都會出現的東西），而是很認真地沉思默想了幾天，然後說：這樣吧，再繼續搜集資料，最好是在所有的書籍上都沒有出現過的第一手資料。我們（他使用了「我們」一詞）必須做出一本前無古人後無來者的書，別人無法超越的書。

這位可尊敬的、「全國最有文化的縣級文化局長」顯得躊躇滿志。據說，他平時就以自負和工作狂為人所知。他最推崇的書籍是《長征》

和吳曉波那一類在讀者中流行的企業史。果然，他要求我以充滿激情和思辨的語言（吳曉波）來敘述一個城市六十年的新中國史。自然，這是我所無法做到的。結果是，我只好溜之大吉。後來聽說他親自上馬，在我的原稿上日夜加工，把所有的週末都賠上了。當全國都在熱烈慶祝六十周年時，書沒有出來。聽說他把電腦編輯後的書稿拿到出版社，沒有被接受，理由是書稿版式不符合出版社要求。這樣又過了一段時間，一直拖到春節前夕，書總算是印出來了。他沒有忘記邀請我參加新書發布會。見到書，我發現是一本配文字的畫冊。我大體翻看了一下，發現他使用的是一種古怪的、類似於中學生抒情作文那樣的文體。這個發布會在他邀請來的幾十位專家依次說了一通場面上的話之後收場。

我所以不厭其煩地敘述這段短暫而不乏戲劇性的經歷，是為了引出一個懸而未決的問題：在面對歷史話語的書寫時，我們究竟採取哪一種言語方式、從哪一種角度入手、採取何種結構、在何種語境之下說話……才更接近歷史的本來面目？或許，這永遠都是一個偽問題。因為不管是任何方式存在的歷史，都只是某種由書寫者一手製造和一廂情願的話語行為，是「作者」個人的、而非本來的那個「歷史本身」（如果說歷史有一個身體的話）。換言之，在歷史話語的場閾，並不存在真正意義上的「唯物史觀」，歷史只依賴於具體的文本活著。司馬遷的《史記》，可以被認為是一部以歷史事件和歷史人物為題材創作的文學作品。這已經是常識。我想，詩人柏樺正是有此一認知的觀念，才大膽地把他的長篇詩體敘事作品定名為《史記：1950-1976》。在這裡，歷史話語經過重新改寫，呈現為某種形態的詩歌和注釋的方式。

二、對歷史細節的詩話語「轉述」與「考據癖」

這麼一來，談論柏樺的這部作品在何種程度上還原了歷史的真實，或是在本體論的層面上探究歷史本身那個其實並不存在的「身

體」，就會顯得毫無意義。事實上，就連上面提到的那位「有文化」的文化局長也明白這個道理，即：歷史永遠是無法還原的，即使還原出來也沒有太大的價值，關鍵是，我們如何命令歷史按照我們的需要，在我們所希望的方向上生長，從而滿足某種政治的，現實的，閱讀的，集體的或私人的意圖。就柏樺的這部當代「史記」而言，我覺得談論作者何以要在當代歷史的話語遺產裡去獲得個人詩歌書寫的資源，他何以會以詩歌和注釋的方式寫出這樣一部令人驚詫的書，而讀者在閱讀這部作品時和之後所可能獲致的感受，以及，隱藏在這部作品後面、為作者所審慎選取的作為某種書寫策略的現象學的方法論……會比較地靠譜。

首先，我們先來看看這部作品的詩的部分，看看這些表面上各自獨立的詩歌文本實際上是怎樣為某種不言自明的、無處不在的大歷史的語境所支配、所限制——我們來看看這部作品何以要被寫出來，而且首先是以一種在我看來不可思議的、主觀性極少介入的「詩歌」的方式——我們暫且把這種寫作稱之為「轉述體」。

柏樺是一個在當代中國現代抒情詩領域有卓越建樹的詩人，他的詩歌寫作呈現出某種極度克制、內斂而又詩性張揚的品格和氣質，透著一股濃郁的、源自中國古代傳統但又被現代生活所浸染的書卷氣和文人氣。柏樺的詩歌文本通常都比較注重表達（他有一個著名的外號叫「柏表達」），對漢語詞語有著一種近乎迷戀的「考據癖」。但就是這樣一位詩人，卻把筆觸伸向了一段歷史的橫截面，從個人記憶與史料的殘篇斷簡中尋求寫作資源，以轉述的、幾近客觀和不動聲色的文本樣式，實踐了一次類似於羅蘭・巴特所說的「零度寫作」實驗。

把稿子從頭到尾通讀一遍後，我的一個疑問是：這樣的寫作是否具備足夠分量的詩學價值與分量？在個人書寫發生的動機與源頭上，它有無必要和值得花大力氣去轉述那些在過去時間中留下來的話語殘篇？

柏樺書寫指向的是發生於計劃經濟年代頗具超現實意味的一些典型的具體事件和人物。從這個歷史語境中走出的過來人，對這些事件和人物應該說是記憶猶新而又耳熟能詳的。問題在於，為什麼柏樺對此產生了濃厚的書寫興趣？他心裡一定很明白，這是一場充滿了冒險的書寫行為，因為只要有絲毫的閃失，其書寫的遺產就很可能成為歷史的副產品，成為那些無限繁殖的無效話語的一部分。再之，純粹的詩意不可能不依靠詩歌的修辭學就建立在僅僅是依靠「轉述」就能完成的那些客觀事件和人物身上。

　　僅就詩歌書寫的內容指向而言，對柏樺的寫作動機，或許可以做如下的猜測：1.無法擺脫歷史記憶，不吐不快，基於某種歷史敘述欲望的書寫（認知的，心靈的，肉體的）；2.達成某種表達欲或書寫理想——試圖以詩／注釋的方式提煉出某種策略性的文本樣態（經驗的，職業的，技術的，一種建立在現象學、方法論上的詩學）；3.考據癖、索引癖（釋放書卷氣、文人氣，對詞語迷戀和滿足知性欲望）；4.對書寫材料的超現實特性過於信賴（狂熱、天真，甚至迷信，以至於認為即使是在主體不介入的情況下，也能夠讓文本的詩意盈滿——羅蘭·巴特所說的「零度寫作」？）。

　　以上四種，又可採取排除法。1.不大可能，理由是柏樺始終堅持採取一種「轉述」的、客觀的、談定的、坐懷不亂的書寫策略，絕少主觀性介入，更沒有在既成事實的歷史事件、人物身上生發某種帶有價值判斷的個人主觀性情感、情緒。詩人採取了置身事外、從特定的歷史話語語境中全身而退的策略（有意逃離？）。甚而至於，幾乎每一首詩的敘事主體都是缺席的——我在這裡使用「幾乎」一詞，是因為在極少數、個別的地方，當書寫的內容遠離一個時代的集體記憶，而是單獨指向作者個人的經歷、記憶、體驗、身體感受時，柏樺還是忍不住自己跳出來說話（就好像在說：「我胡漢三又回來了」一

樣）。如〈1966年夏天〉、〈一瞥〉、〈決裂與扎根〉、〈好笑的聲音〉、〈說小人書〉等。（順便說一句，我以為這是詩中最為迷人的部分，我很難跟進到作者在大多數其他詩中抱定的那種超然物外的態度和書寫策略。）

　　排除1，2、3卻是可能的。2、3已經遠離了詩人在詩歌書寫行為中作為一名精神症候觀察員和記錄者的單一身份，使詩歌書寫行為擴張到了現象學詩學的領域。柏樺在後記裡君子自道，他說：「我必須以一種『毫不動心』的姿態寫作，我知道，我需要經手處理的只是成千上萬的材料（當然也可以說是「扣子」〔按：喻指細節〕），如麻雀、蒼蠅、豬兒、鋼鐵、水稻、醬油、糞肥⋯⋯這些超現實中的現實有它們各自精確的歷史地位。在此，我的任務就是讓它們各就各位並提請讀者注意它們那恰到好處的位置。如果位置對了，也就無需多說了，猶如『辭達則矣』，這正是我為本書定下的一個目標。」

　　緊接著的一段話，柏樺解釋了為什麼要讓所觸及到的事物回到「各自精確的」位置上。「⋯⋯另，書中『左邊』（按：對毛時代的形象說法）之事雖寫較多，那是時代使然，但我取的立場並非「左邊」，在這個過程中（寫作過程），我儘量像T. S.艾略特所說的，我就是起一個催化劑白金的作用，我只是促使各種材料變成詩，猶如白金促使氧氣和二氧化硫變成硫酸，但白金無丁點變化，我在整個書寫中亦無任何變化，仍像永保中性的白金一樣，我並不把自己的主觀感情加進去。」

　　我以為，柏樺的這一出發點自然是不錯的，排除了任何情感、價值判斷的寫作，有時確實能起到超出想像的表現力和喚醒閱讀的效果，比如說，古代歷史上的那些詩歌先輩們，那些「小橋，流水，枯藤，老樹，昏鴉」⋯⋯都是這一詩學的實踐者，詩歌第一生產力以外的、另外的生產力被交出了給讀者來完成。問題是，任何書寫都排除

不了特定的文化語境，「小橋流水」和「老樹昏鴉」並非是純粹自然的意象，而是已經被或鬆散或牢固地嵌進了文化詩學的座標裡，其能指和所指是依所屬的點面而定的。新中國前三十年的話語體系，因烏托邦意識的強行進入，我以為，實際上只是一種懸浮的、缺乏上下文、前後關係的孤立現象，由於承載現實的個體已經被無情地抽空，無論是所發生的事件還是事件的製造者的種種情態，都已經淪為一堆在語義關係上不斷重複的空洞符號──也正是因為這一點，柏樺的這個作品，如果撇開在文本中起到至關重要的注釋部分，單就詩歌部分而言，尚不足以建立起他為自己的寫作所設定的詩學座標。畢竟，出身於那個年代的中國讀者，對那一段歷史的超現實性狀並不陌生──單是這一點，柏樺的這一實驗，他的詩學的方法論，已經處在了極為不利的位置上──儘管，他在還原歷史事件的路徑上確實做到了「精確」。

在此，不得不回到我的猜測4：柏樺的問題在於，在素材上，他或許太信任他所搜集到的那些材料了。因為信賴，所以絕少技術的、修辭學以外的加工。

在一個缺乏個人（與大一統、千篇一律的行為反應、思想覺悟、政治意識、共產主義的分配原則等相對）與身體性（性別、分工複雜的感官、人的各種七情六欲）存在的話語語境之下，這些事件、材料本身，足以構成「詩」的書寫材料嗎？且不說這些材料實際上只是顯示了某種同質的語義關係（具有著驚人相似的語境和意義方向上的一致性與重複性），已盡顯詩意表達的「貧瘠」與「疲態」，就是材料所提供的資訊，因其語境狀態的孤立、懸浮（為1950-1976這一時間段所特有），也已經沒有給詩人留下多少詩意溢出的空間。比如說，我們今天只要一想到這個年代，就會聯想到這個年代的服裝（灰色、藍色，款式是清一色的中山裝。要不就是軍裝），這個年代的飲食、

起居（滿足最低限度的吃飽肚子、睡覺這一功能），這個年代的藝術（革命樣板戲、革命歌曲、革命詩歌和小說、連環畫、革命電影），這個年代的行為方式（一窩蜂，步調一致的「集體主義」），這個年代的口號（除了非人性的、過剩的「能指」，「所指」呈現為某種貧瘠、單一的狀態）等等。實際上，正如柏樺在一首詩中，從一位癱瘓的北歐詩人那裡所借用的「鐵硬」一詞所體現的一樣，這個年代留給我們的話語遺產，除了「鐵硬」以外，再也不剩下什麼「非鐵硬」的東西。造成這一狀況的原因無他，乃是這一歷史階段的話語生產完全棄絕了多元與開放的格局，把自己孤立在了作為歷史排洩物的一種類似於琥珀的狀態中。

柏樺也許是狂熱地迷戀上了這種歷史話語的單純性，所以才臨淵涉險，樂於做一個僅僅是建立在材料與記憶之上的轉述者（詩）和旁觀者。而在詩歌書寫策略上，他又過於相信T. S.艾略特的「催化劑白金」。我以為，這一被後來巴特所建設和完善的「零度寫作」理論，並不適宜於以詩的形式來書寫發生於中國1950-1976年間的各種事件，儘管這些事件多半都發生在多汁的民間和老百姓的日常生活當中。

三、詩與注釋的互文性衍生

事實上，即便是單純地以一個讀者的視線來掃描柏樺的這些系列詩文本，所獲得的感受也是有限的。它們所喚醒的不過是一種業已掩埋在歷史塵埃中並為時間所碳化的記憶觸覺。如上所說，這些依賴於大同小異的各個歷史細節所精確地轉述的詩歌敘事，其本身很難獲得詩意的文本性自足與滿溢。

對「詩文本」先天不足的拯救力量來自於從詩歌語詞中衍生出來的注釋部分。注釋部分表面上是從詩歌內部衍生而來，但實際上卻是另一個獨立的、而且在我看來其重要性、可讀性要遠遠超出詩歌部分

的一道話語的生產線。如果我們把詩看做是很難有語義空間延展性的「沙漠」，那麼注釋就如同是一道密植的「防護林」，它使得沙漠的部分看起來不再是那樣的單調和無足輕重，而且由於兩者之間顯見的那種互相提醒、攻防的關係，即便是「沙漠」本身，也變得具有了一種語境的合法性，變得有意味和可忍受了。

　　如果說在「詩」的各個小單元裡，柏樺只是有意識使書寫回到對歷史事件、細節的精準表述，盡可能地使歷史事件、細節回到缺乏主體性介入的零度狀態中，進入到純粹的書寫以達成「作者之死」的書寫理想，那麼在注釋的部分，文本的歡愉就開始了，這些連篇累牘的注釋猶如是從滿溢的池塘裡流出來的水，水面的平靜狀態被另一場書寫的風暴打破，開始了歡暢的流淌。

　　詩和注釋在柏樺的這個文本中都不具有各自獨立的合法性，它們是兩個不斷延伸、交叉、編織在一起的並行不悖的子單元。就閱讀而言，儘管詩歌和注釋呈現出前後的空間關係，讀者的閱讀順序是被規定好了的，但先閱讀詩，還是先行閱讀注釋，或者是乾脆跳過詩，只專注於注釋，或是跳過注釋專看詩歌，都屬於讀者的許可權範圍。只不過，盯住A而對B視而不見，或是閱讀B不理睬A，都不可避免地使文本和閱讀受到傷害。柏樺的這個作品的微妙之處就隱藏在兩個文本之間，這正如父子關係圖，我們可以把父親當做是兒子的一個模型，或者反過來，把兒子當做是父親的一面鏡子，此正如俗話修辭語「有其父必有其子」一樣，是一個道理。當然，我們也可以說，注釋部分是詩的潛在意義的延緩性的到來。

　　《史記：1950-1976》，詩是炸藥，注釋是引線。若是單看詩，正如上文中我已經提到過的，由於受到書寫內容單一性的限制，作者又採取了一種客觀敘事的「零度」策略，語義的豐富性、詩意、色彩的飽和度便要大打折扣。在閱讀詩歌部分的時候，我立即就注意到，

詩的語言本身，屬於表達的部分，除了明顯感覺到作者對事件、細節採取了一種近乎克制的態度，真實而傳神地轉述、還原了具體事件之外，很難再感受到別的東西。開始時我感到奇怪，為什麼會是這樣？因為以前讀到的柏樺的詩並不是這樣的（柏樺的抒情詩裡面往往隱藏著一個強大的主體，一個無處不在的發言者）。後來我明白了，無他，原來作者是有意從文本中退出，他要把詩意衍生的空間暫時空出來，讓位於早已醞釀好的、隨時替補上來的另一個話語語體——注釋。注釋是作者為讀者準備好的高潮部分，一場自由聯想的詞語的盛宴。

詩歌部分的書寫，僅僅是「浮一大白」而已，為的是搭建戲劇的舞臺，直到注釋的登場，這齣大戲才算是真正的開始。在詩領地上被迫讓出的地盤，現在由偽裝成注釋的散文來光復。

與詩歌部分的拘謹形成鮮明對比的最為突出的篇章，是柏樺對〈掏糞工人劉同珍〉一節詩所作的注釋。這篇關於廁所和糞便的長篇論文，顯得汪洋恣肆，一發而不可收拾，頗有些見好不收、將計就計的味道。全世界「廁所作家」（相對於「美女作家」？）中的大腕都到齊了——古崎潤一郎、芥川龍之介、野孤山、李亞偉、虹影、尹麗川、塞利納、拉伯雷、巴赫金……巴赫金的進入別有意味，因為他的出現，廁所和糞便，立即就上升到了哲學和美學的高度。

柏樺的這個長篇注釋，使人類的排洩找到了一個通往自由境界的書寫通道，顯示了某種狂歡的性質，在一眾男女作家的簇擁下，糞便話語成為一堆包含著人類豐富情感與複雜表情的珍貴的文學遺產。在此，幾乎已經被逼到絕路上的詩人柏樺終於找到了宣洩的出口，而在此之前，掏糞工人劉同珍的先進事蹟一定是把他憋夠了。

類似的注釋，我們還可以在〈1958年的小說〉、〈第一枚早稻高產「衛星」發射紀實〉、〈一瞥〉、〈教育與宣傳從一枚硬幣開始〉、〈決裂與扎根〉、〈女獸醫〉等章節中看到。在為〈女獸醫〉

一詩所作的注釋中，柏樺乾脆把《女兒經》全文搬了出來，文字的長度、體積遠遠超過了詩（字數達1596字，而詩只有10行）。

　　一面是對書寫的克制、呈現（作為表徵歷史性狀的「詩」，服從於精確的考據癖，就像是書法中的小楷，一絲不苟，加法和減法都被排除了，總是小心翼翼地避免觸及到某個點，如履薄冰，如臨深淵，如箭在弦，盡可能地迂迴、延遲高潮部分的到來，這樣做的目的是使事物回到本來的樣子，回到原初的語境狀態。我深夜潛入到那座看不見的、集體性的國家博物館，但是我沒有去驚擾裡面的文物，只是使它們以話語的方式重新排列，在經過嚴格挑選的一份清單上留下令人不易察覺的記號），另一面卻是書寫路徑的逸出（最初的願望達成，現在可以賦予它另外的話語以便圍著它環繞。柳暗花明，又一村。子在川上曰逝者如斯。「魯迅，也可能正是林語堂」。）主體建築完工，但仍然需要在這裡加一點什麼，在那裡放進去一點什麼（一幅毛主席的肖像，一首魔幻、超現實的詩歌，姚文元的居所，以及，江青同志在延安時期戴過的草帽———一種基於某個邏輯鏈條的歷史的演繹。現在是審視那唯一的出口的時候了，就像是里爾克〈秋日〉中出現的詩句一樣：

　　　讓最後的果實長得豐滿，
　　　再給它們兩天南方的氣候，
　　　迫使它們成熟，
　　　把最後的甘甜釀入濃酒。

　　索引，引文——有時，一首詩成為另一首詩的注釋（參看〈南京之鐵〉一詩的注釋，柏樺在這裡引用了瑞典詩人特朗斯特羅姆的一首詩〈東德的十一月〉作為注釋）。如果詩的部分是小楷筆法，那麼

到了注釋階段，則是各種書體的自由雜陳，行草隸篆，書寫的主體性回來了（電影道白：我胡漢三又回來了！），糞便可以自由飛揚，黃庭堅也可能是懷素。柏樺的這個書寫變奏使我想到顏真卿的〈裴將軍詩〉和在朋友處看到的一副何紹基的對聯，在同一個書法作品中出現了各種書體。

由於有了注釋的部分，柏樺的這一歷史話語語體變得饒有意味。在關於除四害的〈1958年的小說〉的注釋部分，出現了歡快的、失控的詩歌形式的大量注釋引文，柏樺的考據癖在此進入一種高燒狀態，依照順序，注釋中出現了：郭沫若1958年4月21日發表於《北京晚報》的一篇〈咒麻雀〉，毛澤東在1963年1月9日這天寫下的一首詩詞〈滿江紅‧和郭沫若同志〉，當代詩人雷平陽的詩作〈屠麻記〉的最後四行，拜倫〈唐璜〉第九歌中的句子，現代詩人穆旦的〈蒼蠅〉，作者自己寫於2004年夏天的〈在猿王洞〉，詩人布羅茨基的〈蒼蠅〉，普希金的〈歐根‧奧涅金〉，「美國仍活著的大詩人加里‧斯奈德（Gary‧Snyder）」的一首詩〈給中國同志〉（To the Chinese Comrades）。最後的引文尤其讓人忍俊不禁：「毛主席，你應該戒煙。／不要理那些哲學家們／建水壩，種樹就好，／別用手拍死蒼蠅。」

我以為，注釋是柏樺這個文本中最有意思的部分（最有意思之中最出彩的，則首推關於蒼蠅和糞便的引文注釋），須臾不可或缺。但是，就我目前所看到的這個尚未最終完稿（實際上這是一本永遠無法完稿的書，就如同杜甫的詩後面總是攜帶著各種汗牛充棟的注釋版本一樣）的書稿而言，柏樺也放過了大量添加注釋的途徑，如〈一封信的漫長旅程〉一詩，就讓我想起卡夫卡的小說〈城堡〉，如果把卡夫卡小說中主人K的情境與詩中敘述的情景加以比照、疊加，就必然會給讀者帶來別樣的閱讀感受。又比如〈說小人書〉一詩中驚鴻一現的

「她」，亦可作一注釋——當然，柏樺也可能是考慮到把更多的注釋部分留給讀者來完成，以便給文本留出更為開放的「誤讀」空間。

在本文就要結束時，我心裡突然有一個念頭冒了出來：我們是否確定我們自己已置身於一個話語狂歡的時代？是否正處在一個早已被歷史虛構了的當下現場？或許換句話說，柏樺的《史記：1950-1976》究竟昭示了一個什麼樣的話語場境，難道他對一個特殊年代的諸多細節的詩意發現與把玩僅僅是出於某種個人的動機？——或許，正如後現代哲學家波普爾所說，我們今天不復再擁有世界1和世界2，我們與之糾纏、回環、往復的惟有世界3而已。所謂的歷史，也只不過是「當下的歷史」，不過是構成世界3的一個歷史的幻覺，一場話語的狂歡遊戲。

朱霄華

2010.4.1～4，丹霞齋

後記

　　我三十五歲時的某一天（準確地說是1991年2月的一天）曾突發奇想，在南京強行為一個無中生有的老詩人畫了一副像：

　　陽春三月，田園善感
　　再過十天，他就五十歲了

　　他說還有一行詩在折磨他
　　哦，一顆扣子在折磨他

　　他頭髮潦草，像一個祖國
　　肥胖又一次激動桌面

　　文學，鬆鬆垮垮的文學
　　祖國，他視為業餘的祖國

　　可他說：
　　文學應該因陋就簡
　　祖國應該為此而出口
　　　　　　　——〈老詩人〉

　　轉眼已是十八年過去了，如今我也早已過了「天命之年」，回

頭看，我是否淪入了「老詩人」這一形象呢？身體確是胖了一些，但「肥胖」反而從不「又一次激動桌面」，我的桌面更靜，亦更客觀。但「扣子」（喻指細節），更多的扣子卻在折磨我，為了在《史記：1950-976》中保持每一顆扣子位置的精確性（如人名、地名、數字，我必須以一種「毫不動心」的姿勢進行寫作，我知道，我需要經手處理的只是成千上萬的材料（當然也可以說是扣子），如麻雀、蒼蠅、豬兒、鋼鐵、水稻、醬油、糞肥……這些超現實中的現實有它們各自精確的歷史地位。在此，我的任務就是讓它們各就各位，並提請讀者注意它們那恰到好處的位置。如果位置對了，也就勿需多說了，猶如「辭達則矣」，這正是我為本書定下的一個目標。另，書中「左邊」之事雖寫較多，那是時代使然，但我取的立場並非「左邊」，在這個過程中（寫作過程），我儘量像T. S. 艾略特所說的，我就是起一個催化劑白金的作用，我只是促使各種材料變成詩，猶如白金促使氧氣和二氧化硫變成硫酸，而白金卻無丁點變化，我在整個書寫中亦無任何變化，仍像永保中性的白金一樣，我並不把自己的主觀感情加進去。但我也要去對一下納博科夫的胃口，即像他一樣，在寫作中只偏愛準確的知識、精確的描畫、逼真的再現。至於我們曾經的「因陋就簡」或「多快好省」，誰知道應不應該出口呢？但「老詩人」說：「應該」！

　　如果有些讀者覺得我以上文字寫得不夠實，可跳過以上敘述，單看我如下說來：本書從2009年8月19日深夜突然開筆寫出〈鋼之憶〉之後，便一發不可收回，幾乎是日以繼夜埋頭向前書寫，9月12日基本寫定，之後，開始不停地修改，直到11月18日才基本結束，接下來又如患上強迫症般，斷斷續續地添加、調整、打磨，直到12月14日深夜。也不知明天我是否還要沒完沒了地改下去，但願就此打住了吧，雖然我早就知道「世界被創造出來，實質上就是為了達到一本美的書

的境界」（引自馬拉美：《關於文學的發展》），但我今天更想說另一句維亞賽姆斯基的名詩：在這個世界上，我們「活得匆忙，來不及感受。」（轉引自普希金：《歐根・奧涅金》）。對於一本有可能無窮盡地寫下去的書來講，這本書看上去，似乎完成得很快，但其中曲折唯有我知，在此略說一二：讀者將讀到的這本書的前三首詩分別寫於2001年1月7、8、9日，如按當時的衝力，我本該那時就一鼓作氣將此書寫完，為何又突然停下來了，而這一停便是八年半，其中自有必然的原因。注意：原因就是我前面說的，我遭遇了成千上萬的不同形狀不同顏色的「扣子」（在此喻指材料），面對這些蜂擁而來的「扣子」，我只得沉下來，反覆理解，也可以說反覆閱讀這些浩瀚閃爍的「扣子」，須知每一顆「扣子」都應有它精準的位置（在連綿起伏的上下文中）。就這樣，在寫出了三首之後，我決定停筆，毅然轉身，開始了對「扣子」的研究，再說白一點，這八年多來，我一有空就一卷在手，細讀從1949至1978年的幾乎所有的重要報紙，我開始挑選，然後翻來覆去地掂量，這個工作是非常小心的，譬如我選定了一條舊聞，過幾天我又將其捨棄，再過了幾個月，我發現這麼好的材料，怎麼當時就看走眼了，居然丟掉，又重新將它打撈回來，此其一。接著，我也閱讀了幾乎能找到的所有國內外相關書籍，以期加深對那個時代的全面之瞭解，此其二。當然還有此其三、四、五……，行了，事情已說清楚了。一句話，這本書雖寫來短暫，但卻歷經八年的歲月。接下來，我將投入另一本書的工作，這個即將展開的工作與本書有著密切的關係，它的名字叫《史記：晚清至民國》。

在此，我要借這後記的機會，感謝哈佛大學歷史學博士，臺灣中央研究院史語所研究員李孝悌，以及耶魯大學文學博士，臺灣中央研究院文哲所研究員，我的詩友，旅居海外的著名詩人楊小濱；他們二人真可以說是在百忙之中（因二人手上都有各自繁多的研究任務）專

門撥出時間，為我這本書作序。順勢而下，我還要特別感謝我的工作
單位——西南交通大學藝術與傳播學院——它慷慨地為我提供了充分
的用於研究和寫作的時間。

2009年12月15日於成都

閱讀大詩21　PG0933

 史記：1950-1976

作　　者	柏　樺
責任編輯	黃姣潔
圖文排版	陳宛鈴
封面設計	王嵩賀

出版策劃	釀出版
製作發行	秀威資訊科技股份有限公司
	114 台北市內湖區瑞光路76巷65號1樓
	電話：+886-2-2796-3638　傳真：+886-2-2796-1377
	服務信箱：service@showwe.com.tw
	http://www.showwe.com.tw
郵政劃撥	19563868　戶名：秀威資訊科技股份有限公司
展售門市	國家書店【松江門市】
	104 台北市中山區松江路209號1樓
	電話：+886-2-2518-0207　傳真：+886-2-2518-0778
網路訂購	秀威網路書店：http://www.bodbooks.com.tw
	國家網路書店：http://www.govbooks.com.tw
法律顧問	毛國樑　律師
總 經 銷	創智文化有限公司
	236 新北市土城區忠承路89號6樓
	電話：+886-2-2268-3489　傳真：+886-2-2269-6560
	博訊書網：http://www.booknews.com.tw

出版日期	2013年3月　BOD一版
定　　價	350元

國家圖書館出版品預行編目

史記. 1950-1976 / 柏樺著. -- 一版. -- 臺北市：
釀出版, 2013.03
　　面；　公分. --（語言文學類；PG0933）
BOD版
ISBN　978-986-5871-24-6（平裝）

851.487　　　　　　　　　　　　　102002598

讀 者 回 函 卡

感謝您購買本書，為提升服務品質，請填妥以下資料，將讀者回函卡直接寄回或傳真本公司，收到您的寶貴意見後，我們會收藏記錄及檢討，謝謝！
如您需要了解本公司最新出版書目、購書優惠或企劃活動，歡迎您上網查詢或下載相關資料：http:// www.showwe.com.tw

您購買的書名：_____

出生日期：_____年_____月_____日

學歷：□高中 (含) 以下　　□大專　　□研究所 (含) 以上

職業：□製造業　□金融業　□資訊業　□軍警　□傳播業　□自由業
　　　□服務業　□公務員　□教職　　□學生　□家管　　□其它_____

購書地點：□網路書店　□實體書店　□書展　□郵購　□贈閱　□其他

您從何得知本書的消息？

　□網路書店　□實體書店　□網路搜尋　□電子報　□書訊　□雜誌
　□傳播媒體　□親友推薦　□網站推薦　□部落格　□其他_____

您對本書的評價：(請填代號　1.非常滿意　2.滿意　3.尚可　4.再改進)

　封面設計____　版面編排____　內容____　文／譯筆____　價格____

讀完書後您覺得：

　□很有收穫　□有收穫　□收穫不多　□沒收穫

對我們的建議：_____

_____

_____

_____

11466
台北市內湖區瑞光路 76 巷 65 號 1 樓

秀威資訊科技股份有限公司　　　收

BOD 數位出版事業部

....

（請沿線對折寄回，謝謝！）

姓　　名：＿＿＿＿＿＿＿＿　年齡：＿＿＿＿　性別：□女　□男

郵遞區號：□□□□□

地　　址：＿＿＿＿＿＿＿＿＿＿＿＿＿＿＿＿＿＿＿＿

聯絡電話：(日) ＿＿＿＿＿＿＿＿　(夜) ＿＿＿＿＿＿＿＿

E-mail：＿＿＿＿＿＿＿＿＿＿＿＿＿＿＿＿＿＿＿＿